À ma mère, Hajja Fadma Ali.
Évidemment.

L'éditeur remercie le collectif La Douceur pour l'avoir autorisé à reproduire en quatrième de couverture la fresque située square des Jonchères, place Jean-XXIII, dans le quartier de la Roseraie à Angers.

Direction d'ouvrage : Hélène Bihèry-Dupuy
Illustration de couverture : Marta Orzel
Mise en pages : Petits Papiers
Correction : Manon Le Gallo

1, rond-point du Général-Eisenhower, 31101 Toulouse Cedex 9, France
editionsmilan.com

Dépôt légal : février 2022 – ISBN : 978-2-408-02961-6
Achevé d'imprimer au 1er trimestre 2022 en Italie par Grafica Veneta

Plus d'informations sur la fabrication de nos livres :
editionsmilan.com/comment-fabriquons-nous-nos-livres

Certifié PEFC
Ce produit est issu de forêts gérées durablement et de sources contrôlées
PEFC
PEFC/18-31-226
www.pefc-france.org

Hana Thierry, les hirondelles et autres noms d'oiseaux

Touria Arab-Leblondel

milan

Partie 1

Le brame des hirondelles

1. Je m'appelle Hana...

Hana Thierry.

Dit comme ça, on ne sait pas trop d'où je viens. Hana, ça fait prénom du monde, universel; c'est ce que mes parents voulaient, enfin je pense. Un truc sans origines et facile à prononcer. Qui veut tout dire et rien dire à la fois. Un prénom d'enfant de couple mixte.

Ma mère dément : « Hana, c'est berbère, ça veut dire "bonheur". Ça veut dire "douce" aussi. C'est un vrai prénom. Pas de ceux qu'on invente. » Mon père renchérit : « Tu sais, on a voulu t'appeler Mina, mais c'était trop connoté... trop marqué arabe, quoi. Après, on a pensé à Lila, et il y en avait déjà trois ou quatre par classe... Alors on s'est dit : " Hana, c'est top, c'est toi, un peu Mina, un peu Lila..." Et puis c'est berbère, ta mère a raison. Mais c'est aussi japonais, polonais, arabe, et je crois même espagnol. »

Voilà, c'est bien ce que je disais, un prénom du monde.

Bon, tout ça, c'était avant l'« affaire Anna », bien sûr. Avant qu'une fille qui porte le même prénom que moi dise sur les réseaux sociaux des choses dont tout le monde a parlé dans ce pays. Avant que mon prénom soit associé à un truc que j'ai pas choisi.

Thierry, c'est bien français, pas besoin de m'expliquer. Au collège, certains m'appellent même Hana Babtou. Mon nom est bien blanc, mais moi, je suis brune, j'ai le cheveu frisé, crépu même. Le teint basané. Une Arabe, quoi. Ni mon prénom ni mon nom ne le gommeront. Je serai toujours une Rebeu. Une Rebeuse, même.

Les vrais babtous, en primaire, étaient intrigués par mes cheveux bouclés et ils tiraient sur mes bouclettes en disant : « Oooh, on dirait des ressorts ! C'est trop chou ! » Je trouvais ça sympa, à l'époque, mais quand j'y repense maintenant, j'aurais dû dire : « Wesh gros, arrête de me tripoter les veuch, j'suis pas ton iench ! »

J'ai treize ans et j'habite à Saint-Vincent-sur-Loire, tout près d'Angers. C'est une petite ville de trois mille habitants et y a pas de collège. On est rattachés au collège François-Mitterrand, dans le quartier des Hirondelles, à Angers, à cinq kilomètres de là — tout près, en vérité.

J'ai un petit frère. Il s'appelle Yanis, un mélange, une nouvelle fois, de Yannick, trop français, et de Yassine, trop rebeu. Mes parents ont dû se prendre la tête. Avant même qu'on ouvre les yeux sur ce monde, il fallait échapper aux ravages des stigmates. J'imagine leurs soirées : « Non, c'est trop ça, pas assez ci… Ayé, on le tient ! Hum… reste à voir si c'est pas trop commun, si ça fait pas trop inventé… » Yanis a dix ans, il est à l'école primaire Jean-Jaurès, à Saint-Vincent-sur-Loire, en CM2.

L'année prochaine, il fera sa rentrée au collège, il me rejoindra. Ce que je peux dire sur mon frère, c'est qu'il est super fort pour faire des devinettes ou raconter des blagues. Il a un don pour ça, et une super mémoire. Moi, je suis incapable de me souvenir d'une blague, même une qui m'a fait mourir de rire. Lui, il sait mettre le ton, créer du suspense, placer les silences et faire une chute de malade pour qu'on rigole au bon moment. Il est aussi très bon danseur, fan de hip-hop et de *moonwalk* — vous voyez, la danse inventée par Michael Jackson, où on recule en faisant des pas chelous ? Yanis, il est aussi bien prise de tête, surtout au moment de débarrasser la table ou de choisir un film. En tout cas, je suis trop contente de savoir que je serai là quand il fera ses premiers pas au collège. Que je pourrai veiller sur lui.

Le nom de la rue de mon collège m'a fait hurler de rire la première fois que je l'ai vu. C'est la rue du Pied-Moisi. J'sais pas s'il y a des gens qui réfléchissent aux noms des rues, qui se réunissent et tout, qui font des choix, ou si ça tombe comme ça, du ciel, comme une météorite. Et bim ! sur le quartier des Hirondelles, et bam ! sur mon collège ! Pas de bol ! À un poil de cul de chameau près, on serait dans la rue Nelson-Mandela. Mais non, boum ! c'est tombé sur la supérette du coin. Trop de chance, la supérette — on aurait mérité, nous, les collégiens, d'être dans la rue Nelson-Mandela, non ? En tout cas, pour nous, c'est un drôle de message.

Je suis en 4e B, au collège François-Mitterrand, donc, et nous sommes dix-neuf élèves dans ma classe. C'est plutôt une chance d'être si peu nombreux. L'un des avantages à être dans un collège difficile, en « REP + », comme on dit. La rue du Pied-Moisi — ça ne s'invente pas — est un concentré de pauvreté. La misère, en vrai. Et ce nom qui me faisait tellement rire au début me ferait plutôt pleurer aujourd'hui. Surtout, il me met en colère.

Heureusement qu'il y a les Hirondelles.

Il faut dire qu'à Saint-Vincent-sur-Loire, on est plutôt pas mal lotis, alors, en arrivant là, j'ai découvert un autre monde. En sixième, je ne suis pas sûre d'avoir remarqué la pauvreté — pas au début, en tout cas. Mais j'ai rencontré des enfants dont je n'avais jamais entendu le prénom, des enfants qui, eux, n'avaient pas un prénom comme Hana, un « prénom du monde ». Mais des enfants qui avaient tous, comme le mien, un nom qui portait une histoire.

2. J'y vais ou j'y vais pas ?

Ma mère, c'est une Hirondelle. Elle vient de là. Et ça, elle ne le reniera jamais.

Elle s'appelle Kamla, ce qui veut dire « entière » (ou « finie ») en arabe, et, franchement, elle le porte bien. C'est la dernière d'une fratrie de six enfants, et, quand elle était petite, personne ne l'appelait par son prénom. Sa famille l'a rebaptisée, au gré de son âge, Malak[1] ou Malika[2], parce que c'était la petite chouchoute. À l'adolescence, elle est devenue Kalam[3], parce qu'elle parlait beaucoup. (Entre nous, elle parle toujours beaucoup, beaucoup…) Puis l'ange-reine bavarde s'est muée en femme et a rejoint le banc des adultes responsables. Ce n'est qu'en devenant mère qu'elle a retrouvé son prénom, Kamla, comme si elle devait le mériter. Il n'y a que ses nièces, mes cousines, qui ne l'appellent toujours pas par son prénom, mais « tata Kamila », ce que je trouve trop mignon. Bon, ça fait parfois bizarre vu qu'elle a des nièces qui ont le même âge qu'elle — forcément, en

1. « Ange » en arabe.
2. « Reine ».
3. « Parole », « discussion ».

étant en bout de course, elle a de sacrées années d'écart avec certains de ses frères et sœurs. Moi, j'adore, j'ai plein de cousins qui ressemblent à des tontons et de cousines qui m'emmènent partout.

Bref, pour ma mère, impossible que je n'aille pas au collège dans le quartier des Hirondelles. Mais, à Saint-Vincent-sur-Loire, c'est pas l'avis de tous les parents. Alors, ma mère s'est lancée dans une vraie battle pour vendre « Fanfan-Mitterrand ». Dès qu'elle croisait les parents de mes copains, je l'entendais qui s'égosillait :

– Allez le visiter, au moins ! C'est un super bahut !

Et moi, elle me disait :

– Le collège, c'étaient mes meilleures années !

Quand il voyait ma mère se fatiguer à promouvoir *son* collège, mon père la reprenait :

– T'en fais trop, Kamla. On ne sait pas, ça a peut-être changé depuis ton époque…

– Oui, ça a dû changer, mais on s'en fout ! Aller dans le collège public auquel on est rattachés, c'est faire le choix du collectif ! C'est important, ça ! Ça me soûle, les gens qui disent qu'ils veulent le meilleur pour leurs enfants. Ça veut dire quoi, le meilleur ? Pour qui on se prend, à la fin ? Je viens d'où, moi ?

Et c'était reparti… J'entendais mes parents parler de service public, de valeurs, et j'y comprenais pas grand-chose. Juste qu'ils reconnaissaient que c'était chaud, ce collège, quand même. J'avoue que ça me donnait moyennement envie, mais c'était trop important pour ma mère pour que j'ose lui dire.

– Hana ? m'a-t-elle dit, un beau matin.

– Oui, maman ? j'ai répondu en relevant le nez de mon bol de céréales.

Elle a serré les poings, comme pour me donner de la force :

– Il faut que tu nous aides, ma chérie. Il faut que tu arrives à convaincre tes copains d'y aller avec toi.

– Mais mamaaaaaan…

Mon père est intervenu :

– Kamla ! C'est pas à elle d'aller convaincre les élèves de sa classe ! Ça les rassure d'aller dans le privé, *qu'est-ce que tu veux qu'elle leur dise ?*

Il a appuyé sur chaque mot.

– Maman, j'ai essayé, j'te jure ! Mais je sais pas quoi leur dire quand ils répondent que les Hirondelles, c'est pas leur délire. Que c'est trop loin… Qu'y a pas d'enfants de Saint-Vincent… Je leur ai même fait ma petite mine de chaton triste, comme tu m'avais dit…

– Et ils ont résisté ? a-t-elle répliqué en riant. Parce que, quand tu fais cette moue, personne de normalement constitué ne peut te résister !

– Ils disent qu'il y a que des… des ra…

– Des radis ?

– Pff, n'importe quoi… Tu vois ce que je veux dire, quand même !

– Non, non, je ne vois pas, a-t-elle ajouté, toujours souriante. Des rasoirs ? Attends…

Elle a fait mine de réfléchir :

– Des racailles ?

– Oui, voilà. Ils l'ont pas forcément dit comme ça, mais… je sais que c'est ce qu'ils pensent au fond d'eux, tu vois…

– Eh bien, tu seras la plus belle caillera des Hirondelles ! Et on va leur prouver qu'on peut s'en sortir en allant à François-Mitterrand !

« Caillera » ? Quand ma mère se met à parler en verlan, c'est la fin de tout ! J'avais trop envie de rigoler.

Je me rendais bien compte que je ne pouvais pas la contrarier sur ce sujet. Elle avait tellement envie que j'y aille que j'ai fini par lui dire :

– Tu sais, même si je suis toute seule à y aller, j'irai. Vous inquiétez pas, papa et toi. Mais bon, on va quand même aller le visiter avant, hein ?

– Bien sûr, Bibiche, qu'on va le visiter, m'a répondu mon père. Et il sera encore temps que tu nous dises si ça te plaît ou pas.

En aparté, mais suffisamment fort pour que je l'entende, ma mère a conclu :

– Je suis tellement fière d'elle, Fab. Elle est forte, je suis sûre qu'elle fera le bon choix. Et ce sera une super expérience.

Mon père, donc, c'est Fab. Fabien. Il m'appelle toujours « Bibiche » aujourd'hui, même en me déposant devant le collège. C'est relou. J'ai jamais réussi à lui dire que ça commençait à me foutre la honte. Si je lui disais, de toute façon, ça ne changerait rien, il est trop habitué à m'appeler comme ça. Et j'aurais tellement peur de le vexer. Lui, il travaille dans une mairie et s'occupe de l'environnement. Je sais pas trop ce qu'il fait en vrai, mais ça a à voir avec l'écologie. Il insistait moins que ma mère, mais, en vérité, lui non plus n'avait pas envie que j'aille dans un collège privé. Alors, on est allés visiter le collège des Hirondelles…

3. 22, v'là l'équipe du collèze !

La première chose qui m'a marquée, en arrivant au collège, c'est qu'il m'a paru énorme. Forcément, il y avait cent cinquante élèves dans mon école, et cinq cents ici. Un dédale de couloirs, de classes, plein d'enseignants qui allaient nous recevoir chacun leur tour pour nous parler de leur matière.

La deuxième chose qui m'a marquée, c'est ce slogan gravé dans le bois sur un immense panneau à l'entrée : *L'avenir n'est pas ce qui va arriver, mais ce que nous allons faire. — Henri Bergson.* J'ai essayé de comprendre ce que ça signifiait et j'ai bloqué sur « *n'est pas ce qui va arriver* » — qu'est-ce que ça voulait dire ? Si ce n'est pas ce qui va arriver, alors c'est quoi, l'avenir ? J'en ai déduit que c'était sûrement « *ce que nous allons faire* »…

J'ai regardé autour de moi. La cour aussi m'a semblé immense. J'ai aperçu les casiers sous le préau et j'ai trouvé que ça faisait série américaine, trop bien. J'ai tiré sur la manche de mon père :

– Je vais avoir un casier, moi aussi ?

– Oui, je pense.

– Faudra que j'aie un cadenas ?

– Sûrement.

– On prendra à clé ou à code ?

– On verra. Si tu veux, tu peux poser la question aux profs, mais c'est pas le plus urgent, je pense…

– J'aimerais bien à code.

En tout cas, ça me donnait une bonne première impression.

Dans la cour du collège, il y avait beaucoup d'enfants avec leur maman, peu de parents étaient venus à deux. Je me suis sentie ridicule avec les miens, j'ai trouvé que je faisais très petite fille. Il n'aurait plus manqué que ma mère me caresse les cheveux ou que mon père ait envie de me donner la main — en m'appelant « Bibiche », évidemment ! J'ai eu l'impression que c'étaient eux qui allaient entrer au collège.

On est arrivés dans le hall et on a été accueillis par la CPE, Mme Lecomte :

– Équipe 22 ! Équipe 22 ! À vous de zouer !

Oh la lose, elle zozotait grave ! Comment elle pouvait être crédible, la pauvre ? Je l'ai regardée avec énormément de compassion, en espérant au fond de moi qu'elle ne le voyait pas.

Elle parlait d'un ton très solennel et exagérément enjoué ; c'est limite si elle n'a pas fait une révérence :

– Bonzour, bonzour, mademoiselle, madame, monsieur ! Soyez les bienvenus ! Un petit café, un petit thé, un verre de zus d'oranze ? Vous êtes quelle famille ?

Vous êtes inscrits dans le rezistre des visites ? Si ce n'est pas le cas, ne vous inquiétez pas, vous pourrez visiter quand même !

– La famille Thierry, a répondu ma mère. Ou Hajjaj-Thierry ? Ou Hajjaj tout court ? On s'est inscrits, mais je ne sais plus sous quel nom...

Ma mère nous refaisait le sketch du nom de famille ! Elle ne donne jamais deux fois le même nom. Un jour, quand je l'avais interrogée là-dessus, elle m'avait répondu : « En fait, c'est parce que je m'adapte à la personne que j'ai en face. Parfois, il vaut mieux mettre juste "Thierry"», parfois les deux, parfois ça m'arrange bien de ne dire que "Hajjaj"... Ça dépend à qui j'ai affaire. C'est compliqué, je t'expliquerai plus tard... »

– Tout va bien, ze vous ai trouvés ! Nous avons constitué des équipes avec des élèves qui vont entrer en cinquième pour vous faire visiter le collèze. Votre équipe, c'est l'équipe 22 : Nabil et Si Moh. Ils vont s'occuper de vous ! Vous pourrez leur poser toutes les questions qui vous passent par la tête. Aux professeurs aussi, bien sûr. C'est l'obzectif !

J'ai regardé l'équipe 22, intimidée mais souriante. Celui qui s'appelait Si Moh s'était carrément habillé en costume-cravate. J'ai trouvé ça abusé, ça m'a trop donné envie de rire. Nabil était aussi en chemise boutonnée jusqu'en haut, avec un pantalon un peu trop remonté à la taille. Moi qui avais mis des plombes à choisir des fringues pour faire super cool… bah, c'était le monde à l'envers ! J'étais venue en jean, baskets, avec mon pull préféré — vous savez, celui qu'on lave et qu'on remet direct ? J'avais décidé que je profiterais de la visite pour bien checker le dress code du collège, pour être en phase le jour de la rentrée. Mais l'équipe 22 ne m'aidait pas beaucoup sur ce coup-là…

Si Moh a démarré, une feuille à la main, mais sans la regarder :

– Bonjour, bienvenue au collège François-Mitterrand. Nous allons vous faire visiter l'établissement dans ses moindres re…

Il a marqué une pause, a respiré et a repris :

–… recoins. On va d'abord, euh…

Puis il s'est tourné vers Mme Lecomte :

– Pardon. Je peux recommencer, madame ?

– C'est nouveau pour eux, il faut les excuser. Ils ont beaucoup répété ! nous a dit la CPE. Oui, tu peux recommencer. Si tu préfères lire ta feuille, vas-y.

– D'accord, merci.

Il a repris une respiration profonde :

– Bonjour, bienvenue au collège François-Mitterrand. Nous allons vous faire visiter l'établissement dans ses moindres recoins. On va d'abord aller au premier étage où nous attendent les enseignants de français, d'anglais, de latin et d'allemand…

Cette fois, les yeux bien rivés sur son texte, il a réussi à sortir son discours sans s'interrompre.

Mes parents et moi, on a suivi l'équipe 22 dans les couloirs du collège. J'en ai profité pour me présenter :

– Au fait, je m'appelle Hana.

– Hana ? T'es pas des Hirondelles, toi ! Tu viens d'où ? m'a demandé Si Moh.

– De Saint-Vincent-sur-Loire.

– Aaah oui ! C'est ceux qui prennent la navette le soir, là. C'est hyper loin, non ?

– Non, en fait, c'est tout près. Vous connaissez pas ?

– Ben non. Y a quoi là-bas ?

– Jamais été, a renchéri Nabil.

– « Jamais allé », *hmar*[4] ! On dit pas « jamais été » ! a lâché Si Moh.

– Ferme ta gueule, t'es en train de m'afficher, là, gros bâtard.

Si Moh n'a pas relevé, comme s'ils avaient l'habitude de se parler comme ça et que ça lui glissait dessus. Il a poursuivi :

– T'es rebeu ?

– À moitié.

– Bah, t'es rebeu ou t'es pas rebeu ? a dit Nabil.

– Je sais pas, moi, je suis rebeu et je suis pas rebeu… enfin, rebeuse et pas rebeuse.

4. « Espèce d'âne », « imbécile » en arabe.

Mes parents ont interrompu notre conversation en mode relou :

– Vous faites connaissance, les enfants ? C'est super !

L'équipe 22 a repris sa posture sérieuse. Après les avoir entendus parler, je me suis dit que leurs vêtements étaient vraiment des déguisements. Et, à vrai dire, ça m'a rassurée.

4. « Partir »

D'abord, on a rencontré la prof de français.

– Tu vas voir, elle est trop gentille, m'a soufflé Nabil.

Effectivement, elle avait l'air super sympa. Elle nous a emmenés au fond de la classe, où se trouvait une grande fresque dépliée sur plusieurs tables.

– C'est le projet pédagogique qu'on a mené avec les sixième cette année. On a choisi un thème ensemble, à partir duquel chacun a écrit un texte. Et cette année, les élèves ont choisi… Si Moh, tu veux venir le dire et nous l'expliquer ?

– Oui, madame. On a fait une liste de mots et on a voté. Le mot qu'on a choisi, c'est « PARTIR ».

Mon père est intervenu :

– Pourquoi « PARTIR » ?

Si Moh a répondu :

– Parce qu'y en a plein, au collège, qui sont partis d'un autre pays, qu'ont des origines et tout, genre des Tchétchènes ou des Noirs… Y en a, c'est leurs parents qui sont partis d'un autre pays. Et y en a aussi qui veulent partir des Hirondelles.

– Et toi, Si Moh, tu n'en as pas, des origines ? a demandé la prof de français.

– Si, moi, j'en ai, je suis d'Algérie, madame. Mais je suis né ici, en vrai.

– Et en vrai, tout le monde a des origines…

J'ai regardé cette gigantesque fresque et j'ai commencé à lire silencieusement. Certains textes étaient agrémentés de dessins, parfois colorés, parfois sombres. On y découvrait des scènes de guerre, des bateaux, mais aussi des champs de coquelicots, des repas en famille, des cours d'immeubles, des toboggans… Il y avait des poèmes, des textes longs. J'ai trouvé ça hyper bien écrit et j'ai dit à voix haute, sans m'en rendre compte :

– Waouh, ils ont déjà vécu des trucs de ouf ! Qu'est-ce que j'aurais pu raconter sur « PARTIR », moi ?

Ma mère m'a répondu :

– Tu aurais eu plein de choses à dire. Je t'aurais raconté l'histoire de tes grands-parents qui sont partis du Maroc…

Mon père a ajouté :

– Moi aussi, j'aurais pu te raconter l'histoire de tes arrière-grands-parents, qui ont quitté la Normandie pour s'installer en Anjou…

J'ai répliqué du tac au tac :

– Pff ! Bah, c'est moins loin ! C'est de la rigolade !

– Détrompe-toi, c'est pas de la rigolade ! Ça été super dur pour eux aussi. Partir, c'est partir. Tu quittes un endroit que tu connais par cœur, tu laisses tout derrière toi et tu dois tout reconstruire ailleurs. Pour ton arrière-grand-père qui tenait un petit commerce, fallait voir : c'était un étranger quand il est arrivé ici, il a dû refaire ses preuves ! Ton arrière-grand-mère et lui ne connaissaient personne, ils ont dû se faire de nouveaux amis et…

– Oui, c'est vrai, papa. Excuse-moi. Mais regarde ces textes : ils viennent vraiment du bout du monde !

– Tu as raison. C'est même incroyable. Je voulais juste dire que, parfois, on n'a pas besoin d'aller loin pour ressentir l'exil.

De la classe de français, nous sommes passés à celle d'anglais, puis de latin — où il n'y avait pas grand monde —, et nous sommes arrivés en salle d'allemand.

Face au prof, j'ai aperçu une fille assise avec sa mère. Sa mère était voilée et vêtue tout en noir. La fille parlait suffisamment fort pour que j'entende qu'elle était en train de traduire à sa mère tout ce que disait le prof. J'avais l'impression de regarder le journal télévisé avec la dame qui fait des gestes pour traduire aux sourds et aux malentendants. Sa mère, très concentrée, l'écoutait attentivement en fronçant les sourcils.

– Jeune fille ? Ohé, jeune fille, tu es avec nous ? a dit le prof d'allemand.

– Hana ? Hé, Hana ! a grommelé mon père en passant sa main comme un essuie-glace devant mon visage.

Il m'a donné un petit coup de coude qui m'a fait sortir de mon hypnose. Je me suis rendu compte que j'étais tellement scotchée par cette fille que je la fixais sans gêne.

Un garçon assis sur une table, mâchant bruyamment un chewing-gum, a donné de l'écho à mon père en disant dans un éclat de rire :

– Hana ? Wesh ! Anapaécouté, Hana !

Immédiatement, il s'est fait reprendre par le prof :

– Hé ho, Zinedine ! Tu peux me dire ce que tu fais là ? Il me semble que tu es déjà au collège, non ? Et depuis quand tu fais de l'allemand ?

– Bah m'sieur, je redouble ! Tu le sais, franchement ! Alors je veux bien démarrer mon année. Je suis sérieux, tu vois, je visite !

– Et tu as laissé ton vouvoiement à la porte ? Déjà, tu descends de cette table, tu te tiens bien... Ensuite, le chewing-gum...

Le prof a tendu la poubelle pour que Zinedine le jette, avant de poursuivre :

– Et tu vas quitter cette pièce en t'excusant au passage.

– Vas-y, m'sieur, t'as vite les nerfs ! Je faisais juste un petit jeu de mots à Hana, ça va ! C'est pour lui dire la bienvenue !

Puis, s'adressant à moi mais sans me regarder, il a dit :

– Excuse-moi, *wallah*, je voulais pas te vexer.

Dans ma tête, j'ai répondu que c'était pas grave, mais rien n'est sorti de ma bouche.

La fille en face de moi est restée imperturbable. Elle a continué à traduire pour que sa mère comprenne ce qui se passait. Quand Zinedine est passé devant elle, la mère l'a attrapé par le tee-shirt et elle lui a lancé, dans une langue aux sonorités inconnues (j'ai appris plus tard qu'il s'agissait de la langue mina du Bénin) :

– *Gbevouvi*[5] *!*

En tchipant pour qu'on ressente tous bien son mécontentement.

– Lâche-moi ! a répondu Zinedine. Hé, meuf, dis à ta daronne de pas me toucher ! Je suis pas son fils, moi !

La fille ne savait pas comment réagir, partagée entre l'envie de défendre sa mère et la honte qui la submergeait.

– Allez, dehors, Zinedine ! s'est écrié le prof. Tu mets le bazar en deux secondes !

Il a quitté la pièce en faisant tomber une chaise volontairement et nous avons assisté, sans voix, à cette scène visiblement assez courante mais qui m'a fait regretter mon court état d'absence. On a entendu, dans le couloir, une voix que j'ai reconnue tout de suite :

– Ze peux pas te laisser tout seul deux minutes, Zinedine ! Allez, hop, dans mon bureau : tu as gagné une heure de colle avant même la rentrée ! C'est du grand,

5. « Petit bandit » en langue mina, interjection adressée à un enfant turbulent.

grand Zinedine, ça ! C'est tes parents qui vont être contents !

– Mais, m'dame, j'ai rien dit ! Vous êtes en train de me mettre le seum pour rien ! C'est l'autre, là, Dark Vador, qui m'a quasiment arraché mon tee-shirt !

J'ai failli éclater de rire, mais heureusement, je me suis retenue, je ne voulais pas manquer de respect.

Le prof a enchaîné :

– Vous venez donc de faire la connaissance de Zinedine. Un élève… un peu bruyant, mais pas aussi terrible qu'il le laisse paraître. Alors, Hana ? Tu voudrais faire de l'allemand ?

Nous avons commencé à discuter avec le prof, quand une fille est intervenue :

– On est bien en espagnol, ici ?

Elle était accompagnée par une autre fille, qui devait être sa grande sœur.

– Non, ici, c'est l'allemand.

– Ah, désolée, je pas faire allemand, plutôt espagnol.

– L'allemand ne te fait pas envie ? a demandé le prof.

– Non, c'est pas ça. Je suis marocaine, mais je vécu en Espagne, et on vient d'arriver là, ça fait trois mois. Mes parents m'ont dit mieux faire espagnol, pour avoir les bonnes notes.

– Donc tu parles plusieurs langues, et je vois que tu te débrouilles très bien en français, l'a complimentée le prof.

– Oui, monsieur, merci beaucoup. Je travaille le français à la maison de quartier. Je parle arabe, espagnol, et français, *inch'allah.*

En se tournant vers moi, elle a ajouté :

– Je m'appelle Fatima.

Je l'ai trouvée incroyablement à l'aise, pas timide du tout. Un peu fière, même. Elle pouvait, vu qu'à mon âge elle parlait déjà trois langues ! De nouveau, je me suis sentie toute petite.

La visite s'est poursuivie avec l'équipe 22. On a découvert la super salle de techno, avec tous les outils et les trucs géniaux que les élèves avaient fabriqués les années précédentes.

– Waouh, regarde, maman ! C'est mortel !

Nous avons traversé la cour tandis que Si Moh poursuivait son discours appris par cœur :

– Le collège se situe dans un cadre verdoyant, car la nature dans la ville, c'est important. Il y a des arbres et de la pelouse. Là, à droite, c'est l'infirmerie, et ici, en face, c'est la salle de sport, que nous n'allons pas pouvoir visiter aujourd'hui. Allons maintenant voir le self.

Je me suis encore retenue de rire, trouvant qu'il prenait son rôle très au sérieux. En aparté, Nabil et lui m'ont dit qu'ils rentraient manger chez eux le midi, parce qu'ils n'habitaient pas loin.

– Dommage, parce qu'il paraît qu'il y a des pizzas, des burgers, des frites et des glaces, parfois…

Le cuisinier du collège, lui, a plutôt insisté sur le fait qu'il y avait toujours des menus bien équilibrés et des plats de substitution pour ceux qui ne mangeaient pas de viande — en adressant un regard appuyé à ma mère.

– Pas de problème pour le *khallouf*[6], m'a glissé Nabil, sans que je comprenne pourquoi.

La visite a continué avec la salle de SVT et ses squelettes grandeur nature, le foyer équipé de deux baby-foots et de canapés qui avaient l'air super confort, la salle de musique avec son piano, puis la vie scolaire. En passant sous le préau, Si Moh nous a expliqué, sans réciter sa fiche par cœur cette fois :

– Là, on va entrer, mais normalement on doit rester sous le préau et faire *toc toc* à la fenêtre pour que les surveillants nous ouvrent et nous demandent ce qu'on veut.

Puis, s'adressant à moi, il a ajouté :

– Si tu viens ici, c'est que t'as un problème.

– Comme quoi, par exemple ?

– Genre, t'arrives en retard. Si t'es en retard, t'es obligée de passer par là. Ils te font un mot, et après t'as le droit d'aller en classe. Si t'es exclue d'un cours, là aussi, tu dois faire *toc toc* à la fenêtre. C'est écrit dans ton dossier quand t'as été exclue d'un cours. Après... je sais pas, si t'as perdu quelque chose ou si t'as besoin d'un truc, tu

6. « Porc » en arabe.

vois ? Les surveillants, ils sont plutôt sympas. Sauf une, elle est folle. Marie, là. On dirait qu'elle se venge sur nous. Mais y a Enzo, lui, il est cool.

Nabil a ajouté :

– Si tu passes par la porte un autre jour qu'aujourd'hui, c'est que t'as des gros problèmes, genre une heure de colle, une baston, un truc abusé, quoi.

– Vous avez déjà eu une heure de colle ?

Les deux ont répondu en même temps, d'une voix d'enfants modèles :

– Jamais ! Euh... si, une fois. Une heure. Mais collective.

– C'était la prof d'anglais, Miss Boulanger, a expliqué Nabil. Elle aussi elle est tarée. Elle a un compteur ! J'te jure, elle compte le nombre de minutes où on parle et elle fait des additions.

Si Moh a commenté tout bas :

– Elle ferait mieux de faire du pain, j'te jure !

– Elle ajoute les minutes au compteur en criant : « *Clock is ticking! Clock is ticking!*[7] » C'est le seul truc que je comprends en anglais. Et quand elle arrive à une heure, elle dit : « Voilààà ! Je vous avais prévenus en début d'année : une heure, vous avez gagné une heure ! », et elle nous colle. Elle est trop contente quand elle fait ça. Enfin, elle est un peu... chelou, quoi.

---

7. « L'heure tourne ! »

Dans le bureau de la vie scolaire, il y avait une affiche : *L'avenir n'appartient à personne. Il n'y a pas de précurseurs, il n'existe que des retardataires. — Jean Cocteau.* Ben dis donc, ça avait l'air de les obséder un peu, l'avenir, ici ! Mais cette phrase, je l'ai mieux comprise que celle que j'avais vue gravée dans le bois à l'entrée du collège.

Quand on en est ressortis, ma mère m'a dit :

– Alors ?

5. Des émojis et des larmes

Deux enfants sur vingt-huit. Ethan et moi.

La battle de ma mère s'est soldée par un échec.

Seuls deux enfants de ma classe, Ethan et moi, avons décidé d'aller dans le collège public du quartier des Hirondelles.

Le jour où on est montés pour la première fois dans la navette à Saint-Vincent-sur-Loire, celle qui nous mène jusqu'à la rue du Pied-Moisi, c'était hyper triste et terriblement flippant. Pour la prérentrée, mes parents m'avaient emmenée en voiture, mais, dès le lendemain : « Allez, hop ! À toi l'autonomie et la liberté, ma grande ! » Une petite tape sur l'épaule par mon père, qui ne faisait quand même pas le malin : « Ça va aller, Bibiche » ; un baiser de ma mère derrière l'oreille, tout en me disant : « T'es courageuse » ; et je me suis retrouvée sous l'Abribus de la place de la mairie, avec Ethan. Heureusement, je m'entendais bien avec lui. Il faisait le gars détendu : « Mais non, j'ai pas la haine, tout va bien, je suis cool », comme si prendre cette navette était quelque chose de tout à fait habituel pour lui.

De l'autre côté de la chaussée, il y avait un autre Abribus, où se trouvaient les vingt-six autres nouveaux sixième de notre petite ville. Eux allaient tous au collège Sainte-Thérèse. Évidemment, toutes mes copines étaient là. On s'est fait des petits signes de la main, on s'est envoyé des bisous et même des cœurs, en joignant les deux index et les deux pouces. On a fait mine de faire battre ces cœurs et on les a envoyés dans les airs, comme si on était encore en moyenne section. Mais j'avais les larmes aux yeux. Je n'étais pas courageuse. Je n'étais pas une grande. Je n'en voulais pas, de cette autonomie en solitaire ! Moi, je voulais des rigolades et des bousculades, comme de l'autre côté de la chaussée, des petits déjeuners partagés sur le trajet, des discussions sur nos devoirs de la veille. Au lieu de ça, j'avais les yeux qui se remplissaient, et j'essayais, j'essayais, j'essayais de retenir le liquide que je sentais monter, me piquer le nez, jusqu'à former une eau trouble.

Aïe, la goutte a débordé et une larme a coulé le long de ma joue. J'ai espéré que, de loin, ça ne se voyait pas. Il n'y a qu'Ethan qui l'a vue. Discrètement, il m'a tendu un Kleenex. J'ai quand même eu le réflexe de vérifier s'il n'était pas usagé. (C'est bon, il était propre.) Il m'a dit :

– Ça va aller, Hana, on est tous les deux, déjà, et en plus on est dans la même classe. C'est cool !

C'est cool, c'est cool… Ou bien il faisait genre « je suis un mec », ou bien il s'était fait une raison. Lui aussi, il avait tous ses copains en face ! Ceux avec qui il avait été de la petite section au CM2, avec qui il avait fait toutes les fêtes d'anniversaire, les premières soirées pyjamas, les chasses aux œufs, le sport... Il m'a regardée et, devinant mes pensées, il a ajouté :

– Tu sais, Hana, c'est pas nous qui avons fait un choix, c'est eux.

– My God, on dirait ma mère ! Sors de ce corps, maman ! Mais je sais ! Enfin, non, j'en sais rien : nous aussi, on a fait un choix en y acceptant d'y aller.

Il m'a donné un petit coup de coude et a tiré sur une de mes bouclettes :

– Et puis, avec tes cheveux, tu vas te fondre dans la masse !

J'ai éclaté de rire :

– Toi, par contre, tu vas peut-être être le seul Blanc de tous les sixième ! Mes parents, qui exagèrent toujours, te surnomment déjà Johnny Clegg[8] !

– Je sais pas qui c'est, sans doute un mec sympa.

Une autre fille est arrivée, accompagnée de ses parents. Je ne l'avais jamais vue à Saint-Vincent-sur-Loire, et pourtant je croyais bien l'avoir aperçue la veille, à la prérentrée. Tiens, ils venaient vers nous... Elle nous a souri timidement. Ses parents aussi. J'ai tout de suite remarqué son sac à dos hyper coloré et je me suis dit qu'elle,

8. Johnny Clegg était un musicien et militant sud-africain, qui a ardemment défendu la cause des Noirs pendant l'apartheid. Il était surnommé le « Zoulou blanc ».

on pouvait pas la louper. Je l'ai trouvée stylée. On s'est regardés un petit moment sans trop oser se parler. C'est Ethan qui s'est lancé :

– Bonjour, vous allez où ? De ce côté, c'est pour François-Mitterrand. Je dis ça parce que, en face, ils vont à Sainte-Thérèse. Faut pas se tromper de direction, sinon, toi, tu vas cramer ta vraie rentrée…

Le père de la fille a répondu :

– On va bien à François-Mitterrand. On a emménagé à Saint-Vincent il y a une quinzaine de jours.

– Ah ouais ? Cool ! a dit Ethan.

– Tu t'appelles comment ? ai-je demandé à la fille.

– Manon.

– Je suis trop contente d'avoir une personne de plus avec nous !

– Justement… où vont les autres ? s'est inquiétée sa mère. Pourquoi vous n'êtes que deux de ce côté ?

– Bah, parce que François-Mitterrand est dans le quartier des Hirondelles où c'est un peu chaud, alors y en a qui veulent pas y aller. Mais vous verrez, ce collège, il est trop dar ! Il y a un self mortel, où ils font de la bouffe maison, pas des plats préparés…, a répliqué Ethan, qui espérait rassurer Manon et montrer à ses parents qu'ils avaient fait le bon choix.

– Vous arrivez d'où ? Personne vous a conseillé d'aller à Sainte-Thérèse ? ai-je ajouté, un peu insistante et gênée pour eux.

– Non, on arrive tout juste et on ne s'est pas posé trop de questions, à vrai dire.

La mère de Manon a pointé le doigt vers la mairie :

– On s'est juste renseignés là, et ils nous ont dit que le collège de secteur était François-Mitterrand... On l'a visité hier en déposant ton dossier, hein, Manon ?

– Oui, c'est grand mais ça m'a plu. Il y a plein d'herbe.

– On arrive de Haute-Savoie. L'herbe, c'est important pour nous, a souri son père.

J'ai répété, sans m'en rendre compte et sans pouvoir dissimuler ma joie :

– Je suis trop contente ! Trop, trop contente !

Si j'avais pu, j'aurais ajouté l'émoji des mains qui applaudissent, celui avec le feu d'artifice et, sans hésiter, celui qui souffle dans une trompette avec un chapeau de fête.

– On sera dans la même classe, normalement. Ils séparent pas les enfants de Saint-Vincent-sur-Loire, a précisé Ethan. Ce serait abusé ! Et puis, on va se faire des copains, de toute façon.

Nous étions trois, c'était une grande victoire.

Un minibus est arrivé pour François-Mitterrand.

Un grand car est arrivé pour Sainte-Thérèse.

Derniers signes à travers les vitres, mes copines de l'autre côté ont soufflé sur le carreau et dessiné un cœur et un smiley qui faisait un clin d'œil. Je me suis contentée d'agiter la main, pas question de me remettre à pleurer. Ethan, lui, regardait droit devant.

6. Florence

Il me paraît loin, maintenant, le jour de cette première navette pour François-Mitterrand avec Ethan et Manon… En cette rentrée de quatrième, je me sens hyper bien dans mes baskets. Au sens figuré comme au sens propre. Yes ! Mes parents ont fini par accepter de m'acheter la paire dont je rêvais ! Bon, OK, on l'a commandée sur un site d'occasion, mais elles sont comme neuves, trop belles, et super à la mode. Enfin, je vais ressembler aux autres ! Déjà que j'ai pas de téléphone… Tout le monde en a un, ici. Je ne comprends toujours pas pourquoi mes parents ne veulent pas. Quand je leur demande, ils me disent : « On avait dit pas avant la troisième, c'est comme ça. » Ils ne se rendent pas compte que, parfois, je me sens décalée car tous mes copains sont sur les réseaux sociaux… J'en rêve.

Notre prof principale, cette année, c'est la prof de SVT, Mme Bonneau. La meilleure du monde. Elle a un petit piercing sur le nez, une coupe à la garçonne, et elle s'habille tout le temps en jean, avec des baskets vegan. Véridique, c'est elle qui l'a dit. Je l'avais déjà l'année dernière, mais pas en prof principale. Elle ne veut pas qu'on l'appelle Mme Bonneau parce qu'elle se sent vieille avec « madame ». Alors elle nous demande de l'appeler Florence et de la tutoyer. Si c'est pas cool, ça ! L'année dernière, j'ai quand même mis quelques semaines avant de réussir à lui dire « tu » ; c'est tellement rare avec les profs...

En cette rentrée, donc, je me retrouve avec les copains habituels. Je me suis assise à côté de Nawel, Manon est juste devant moi, à côté de Falila — la fille qui, le jour de la visite du collège, faisait la traduction à sa mère. Plus loin, il y a Ethan et Malik, surnommé Granola parce qu'il en mange toujours pour le goûter. Il a même réussi à m'en dégoûter, parfois j'ai envie de lui dire : « Mange des Pépito, frère, t'auras moins de sable dans la bouche ! »

Zinedine est derrière moi, ça me plaît moyen. Je ne l'avais jamais eu dans ma classe pendant ces deux dernières années, pas même dans une option. Je l'évite depuis la visite du collège, mais lui, il ne m'a pas vraiment oubliée. Chaque fois que je le croise, il me refait le coup de : « Anapaécouté, Hana ! » C'est lui, aussi, qui a été le premier à m'appeler Hana Babtou. Et, un jour, il m'a même dit : « À cause de ta gueule, j'ai pris une heure de colle. » J'en ai jamais parlé à mes parents, j'ai trop peur de les inquiéter. Il faut que je l'ignore, que ça glisse sur moi, que je fasse comme si je n'avais pas entendu. Ça marche plutôt pas mal, d'ignorer les gens. Et puis, mes copines sont tout le temps avec moi. Nawel, il la respecte. Il moufte pas quand elle lui dit : « Ferme-la, Zizou. Si tu la laisses pas tranquille, je le dis à ton père et il va te massacrer. »

Avec Falila, c'est encore pire qu'avec moi. Il a la dent dure et il insulte régulièrement sa mère. Elle ne sait pas trop se défendre, mais heureusement, elle aussi a un ange gardien. C'est Toutenbec. Un gros molosse, tout doux en vrai, mais qui peut carrément faire flipper s'il s'énerve ou juste s'il te regarde méchamment. Zinedine fait moins le malin quand Toutenbec lui dit de la boucler. Après l'épisode de la visite du collège, la mère de Falila a conclu un pacte avec celle de Toutenbec, sa voisine du dessus : son fils protégerait Falila et, en échange, elle leur préparerait régulièrement de l'igname pilée accompagnée d'amiwô[9], dont Toutenbec raffole.

Avec un prénom pareil, faut dire qu'il a intérêt à avoir un grand bec. Et à piquer quand il le faut. Je me suis demandé ce qui leur était passé par la tête, à ses parents, pour l'appeler comme ça. Mais on s'habitue. On s'habitue à tout, ici, même à dire : « Hé, Toutenbec, on va au foyer ? » comme si c'était la chose la plus naturelle du monde.

---

9. L'amiwô, une pâte cuite à base de farine de maïs, est l'un des plats les plus répandus et appréciés dans le Sud du Bénin. Il est souvent accompagné de jus de tomate et de poulet, de dinde ou de pintade ; on le sert avec de l'igname pilée en sauce.

Le seul problème, c'est qu'il ne peut pas toujours être à côté de Falila. Et puis, parfois, il plane.

Bon, revenons à Mme Bonneau, enfin Florence.

Elle est assise sur son bureau et nous dit :

– Je m'appelle Mme Bonneau, mais, comme la plupart d'entre vous le savent, je préfère qu'on me tutoie et qu'on m'appelle Florence — pas Flo, hein, Malik ? Je suis votre professeure de sciences de la vie et de la terre et, cette année…

Elle imite un roulement de tambour sur le bureau :

– … votre professeure principale ! Donc, même si je suis là en priorité pour vous enseigner les SVT, je suis aussi à votre écoute. Si vous rencontrez des difficultés, si vous avez des moments de doute, si quelque chose vous chiffonne, venez me voir. On en parlera et on verra ce qu'on peut faire. Par contre, ce n'est pas parce que vous allez m'appeler par mon prénom que nous devenons des copains. Ici, on travaille et on échange.

– Oui, mais, Florence, on peut quand même parler à voix haute dans ta classe ? demande Zoulikhan.

– Oui, vous pouvez, après avoir levé le doigt. Je dis toujours qu'une classe silencieuse est une classe qui ne vit pas. Seulement, ce n'est pas pour autant que vous devez crier ou vous couper la parole. Je vous laisse vous exprimer dans le respect les uns des autres.

– C'est la liberté d'expression, quoi ! commente Toutenbec.

– Oui, si on veut… Vous aurez tout le temps d'approfondir le sujet de la liberté d'expression, mais ce n'est pas trop ma partie. Vous l'aborderez avec votre professeur d'histoire-géographie, M. Rodriguez.

– Lui, il s'est bien compliqué la vie ! Pouvait pas faire prof d'espagnol ?

– Tu vois, Zinedine, c'est typiquement le genre de prise de parole que je trouve inutile et déplacée. On va essayer de démarrer l'année sereinement, si tu veux bien.

– J'ai rien dit, là, c'est bon ! répond Zinedine, agacé.

– Waouh, t'es pas gentille, là, Flo ! ajoute Malik.

– Malik, c'est « Florence », sinon tu seras le seul à devoir m'appeler madame, c'est bien clair ? Bon, vous allez vous présenter rapidement pour qu'on apprenne à se connaître…

Chacun notre tour, nous devons nous présenter et parler de nos passions. Pour être moins impressionnés par l'exercice, nous pouvons ne regarder qu'une personne, comme si nous formions un duo. Les présentations ressemblent à un tour du globe, mais nos passions sont assez similaires : on aime le rap, les séries, le sport — foot, basket –, et puis « traîner » sur nos téléphones, jouer aux jeux vidéo, lire des mangas… Il n'y a que Manon qui se distingue avec sa pratique de la clarinette, son amour de la couture et de la lecture. Je la trouve hyper courageuse de le dire devant tout le monde, parce que je pense qu'au fond, aucun de nous n'a envie de se démarquer. Moi, en tout cas, j'ai pas envie et j'ai dit des trucs d'une banalité absolue.

– Merci de vous être prêtés au jeu, conclut Florence. Pour moi, la quatrième, c'est l'année la plus importante du collège, car c'est vraiment là que vous commencez à préparer votre brevet. Quand vous serez en troisième, si vous n'avez pas bien travaillé avant, ce sera trop tard.

Elle a beau être sympa, Florence, elle met la grosse pression d'un coup. Je sens que l'année va être difficile, car même si je suis plutôt bonne élève, je n'aime pas beaucoup travailler. Comme dirait mon papi, j'ai un gros baobab qui me pousse dans la main. Et c'est vraiment pas un compliment de sa part. Quand il dit ça, il ajoute souvent : « Sans effort, ma petite-fille, on n'arrive nulle part ». Mais moi, j'adore l'idée de cette plante imaginaire qui grandit au fil des années et au gré de ma glandouille. Je l'observe, et même, parfois, je lui parle. Je m'en suis fait une alliée. S'il savait ça, papi ! Mais bon, parfois, je secoue ma main et je me mets au travail…

Florence poursuit sur sa lancée. Elle nous dit qu'on a souvent l'impression que le brevet ne sert à rien, que c'est pas ça qui va nous donner un travail, mais qu'on se trompe. Elle parle des taux de réussite du collège et ajoute :

– Il faut que vous fassiez la fierté de François-Mitterrand. Il faut que vous prouviez que, dans le quartier des Hirondelles, on est capables de réussir aussi bien qu'ailleurs, il faut que ça se sache dans tout Angers…

« Et même à Saint-Vincent-sur-Loire », je pense.

7. Dans la forêt lointaine...

Ensuite, Florence aborde le programme, parle de compétences à acquérir, d'observation du monde, d'analyse de données, de connaissances, d'interprétation... My goodness, ces grands mots me font grave flipper !

– On étudiera l'activité interne du globe, les relations au sein de l'organisme, la transmission de la vie chez l'homme, la reproduction sexuée et le milieu de vie...

Soudain, nous sommes tous pris d'un rire nerveux. Évidemment, c'est parce qu'elle a dit le mot « sexuée ». Un nouveau prend la parole :

– On va parler de sexe, madame ?

Là, c'est carrément l'éclat de rire général.

– J'ai parlé de « reproduction sexuée », pas de « sexe », mais, d'une certaine façon, oui. Je vais vous expliquer plus précisément ce que vous savez déjà. J'imagine qu'en quatrième, vous êtes déjà au courant que les bébés ne naissent pas dans les choux, non ?

Elle sourit, elle doit avoir l'habitude que les élèves aient ce genre de réaction.

– Plus sérieusement, nous allons nous poser ces deux questions : comment les êtres vivants se reproduisent-ils ?

Et comment l'environnement influe-t-il sur la reproduction ? On parlera aussi des grands groupes d'êtres vivants, dont *Homo sapiens*, de leur parenté et de leur évolution.

– Vas-y, toi, avec *Homo sapiens* et ces conneries sur les singes ! C'est Dieu qui nous a créés !

– Déjà, j'ai parlé d'*Homo sapiens*, pas de singes, Zinedine. Et je crois t'avoir déjà dit de ne pas parler comme ça. Donc, tu vas ranger tes affaires et sortir tranquillement de la classe pour aller en permanence, après être passé par la vie scolaire : tu connais le chemin. Je t'avais prévenu, cette année, je ne laisserai rien passer.

Zinedine quitte la classe sans esclandre ; il n'a pas besoin de ranger ses affaires, elles n'étaient pas sorties.

Florence respire un grand coup avant de reprendre :

– À présent, je voudrais vous parler d'un projet, un projet qui me tient très à cœur… En sixième, la majorité d'entre vous n'a pas pu faire la sortie scolaire qui était prévue à La Tranche-sur-Mer. La journée d'intégration, vous vous souvenez ?

– Ah oui, dégoûtée ! dit Zoulikhan. Il pleuvait sa mère !

– Oui, il pleuvait tout court, même, répond Florence. On en a reparlé avec l'équipe pédagogique, le principal et Mme Lecomte, et on s'est dit que, pour faire une journée d'intégration, on n'était pas obligé d'être en sixième.

– On va à la mer, madame ?

Cris de joie dans la classe ! Je pense à Zinedine qui doit être en train de passer un sale quart d'heure à la vie scolaire. Il a manqué une occasion de se taire et d'entendre une bonne nouvelle. J'ai un peu de peine pour lui.

– Alors non, on ne va pas à la mer. Mon projet, c'est de vous emmener en forêt.

Grosse déception dans la classe.

– En forêt ? demande Ethan avec une grimace.

Zoulikhan, avec un air de choriste, se lève de sa chaise et se met à chanter :

– Dans la forêt lointaine, on entend le coucou ! Du haut de son grand chêne, il répond au hibou…

– T'as deux ans, toi ! s'écrie Malik. Non mais, Flo, c'est quoi, en vrai, la forêt ? C'est juste des arbres et des arbres, ou bien… ?

En sixième, quand ce voyage avait été prévu, la prof avait demandé : « Qui a déjà vu la mer ? » Ça m'avait choquée : la moitié de la classe n'avait pas levé la main. Il y en a même un qui avait demandé : « Un lac, ça compte ? » Deuxième question : « Qui est déjà allé à La Tranche-sur-Mer ? » Seules deux mains — celle d'Ethan et la mienne — s'étaient levées. En fait, si les autres avaient vu la mer, c'était pour d'autres raisons que les vacances : certains avaient pris le bateau pour venir en France ; d'autres avaient traversé la Méditerranée dans l'autre sens, de Marseille à Alger, pour rentrer au bled ; d'autres encore avaient juste traversé le détroit de Gibraltar, au sud de l'Espagne, pour aller au Maroc.

– Désolée, je n'ai pas choisi la mer, reprend Florence. Mais la forêt, non, ce ne sont pas que des arbres et des arbres. J'ai choisi de vous y emmener pour vous faire partager une expérience un peu extraordinaire, une chose à laquelle j'ai assisté plusieurs fois, mais qui n'arrive qu'à une période particulière de l'année. Ce sera une expérience sans doute unique dans votre vie, très étonnante. Ça fera le lien avec les SVT et notre programme de quatrième. Et puis, vous allez entrer en contact avec la nature. La vraie. La nature sauvage. C'est bien d'avoir de la verdure dans le quartier des Hirondelles, et ici, au collège. Mais ça n'a rien à voir avec ce que je vous propose. Certains d'entre vous le savent déjà : je suis très engagée dans la protection de la nature, de la biodiversité et dans la lutte contre le réchauffement climatique. Tout cela est lié. Mais nous aurons le temps d'en reparler : dans votre emploi du temps, vous avez deux heures de « vie de classe » par semaine ; elles nous serviront à préparer ce voyage, qui aura lieu le 24 septembre.

– Mais, euh… c'est payant, ce voyage ? demande Toutenbec.

Florence a l'air déçue qu'on ne partage pas son enthousiasme, mais elle ne se laisse pas abattre :

– Non, c'est vrai, j'aurais dû commencer par là. Il n'y a rien à payer, tout est pris en charge, on fera l'aller-retour dans la journée. Je vous demanderai juste d'apporter votre pique-nique. Bref, on en reparlera. Mais je ne vous ai même pas dit dans quelle forêt on va aller… Nous irons…

Elle laisse planer un silence avant de s'écrier :

– Dans la forêt de Chambord !

– Chambord ? C'est où, ça ? demande Nawel.

– Vous ne connaissez pas ? Vraiment ?

Nouvelle pointe de déception dans la voix.

– C'est l'un des plus beaux châteaux de la Renaissance.

– Cool, on va dans un château, alors ! s'exclame Malik.

– Non, seulement dans la forêt qui entoure le château. Une forêt majestueuse et…

Florence prend sur elle, mais elle a l'air dégoûtée de notre réaction.

– Bref, on en reparlera. Tout ce que je vous demande, pour le moment, c'est de dire à vos parents qu'ils doivent me fournir le plus vite possible votre attestation de responsabilité civile scolaire.

– C'est quoi, ça ? interroge Zoulikhan.

– Demande à tes parents, ils sauront.

– Ils parlent pas français, il faut que je leur explique.

– Ils ont déjà dû la fournir les années précédentes. Si c'est compliqué, viens me voir : on s'en occupera ensemble.

J'observe Zoulikhan, en proie à une vive inquiétude.

Quand je l'ai rencontrée en sixième, je n'aurais jamais imaginé son histoire. Blonde aux yeux bleus, belle, hautaine, elle avait tout de l'archétype de la future star du collège. Et c'est vrai, tous les garçons ont un crush pour elle. Avec, en plus, son caractère assez difficile en classe, tout le temps sur la défensive, un vrai pitbull… elle a une réputation de premier choix : la meuf canon qui ne se laisse pas faire. La meuf populaire, quoi.

Son histoire, elle ne me l'a pas racontée spontanément. Je l'ai apprise grâce à un exercice en cours d'EMC avec Mme Gattier, qui nous avait demandé de travailler sur notre arbre généalogique. Je sais pas s'ils se rendent compte, ces profs, de ce que ça peut déclencher, de parler de ses origines ? Elle voulait bien faire, j'imagine, mais certains élèves ont même pleuré. Pour beaucoup d'entre nous, dont moi, ça a été difficile parce qu'il nous manquait une partie de l'histoire familiale. Pour d'autres, la famille était tellement grande qu'une feuille A3 ne suffisait pas pour aller jusqu'aux grands-parents. C'était ça, la consigne : aller jusqu'aux grands-parents, et plus, si on pouvait. On devait travailler en binômes, formés de manière aléatoire, pour qu'on apprenne à se connaître. C'est quoi, cette obsession des profs ? Des fois, on a juste envie de ne pas se connaître. Et de vivre ce qu'on a envie de vivre au collège, sans prise de tête. Mais bon, fallait s'y coller, alors…

J'étais tombée avec Zoulikhan, qui m'a expliqué qu'elle était d'origine tchétchène. Enfin, elle n'a pas dit ça comme ça. Le premier jour, elle m'a dit :

– Je suis tchétchène, c'est tout. Je sais pas quoi dire de plus.

Le deuxième jour :

– Mes parents sont des réfugiés. Je sais rien d'autre.

Le troisième jour :

– Si, je sais que j'ai un frère qui est mort là-bas, en Tchétchénie. Ma mère a perdu la parole depuis ça. Et mon père, il en parle jamais, alors je sais rien de leur vie d'avant. Juste qu'un de mes frères est mort. Mais je l'ai jamais connu, moi, je suis née ici, aux Hirondelles.

Voilà, ça a démarré comme ça. De fil en aiguille, on a quand même réussi à recoudre quelques morceaux. Elle a posé des questions à son père, qui, à son grand étonnement, lui a raconté un peu de leur histoire.

Ils sont restés en Tchétchénie pendant le premier conflit, de 1994 à 1996, terrassés par la peur et la faim. La deuxième guerre a démarré en 1999, et c'est en 2000 que ses parents, ses trois frères et sa sœur ont fui Grozny, la capitale de la Tchétchénie, pour venir en France, dissimulés dans un container. Son père a pris le temps de lui décrire leur ancienne maison, du temps où tout était paisible, puis ce qu'elle est devenue quand les fenêtres ont volé en éclats, ses frères et sa sœur cachés sous la table en train de hurler, sa mère restée debout au milieu de la pièce, prête à se prendre un missile en pleine figure. Il l'a suppliée de se baisser, de se protéger, de s'allonger sur le sol. Ce jour-là, il a sorti ses quatre enfants et sa femme, toujours sidérée, les a poussés dans les escaliers, et ils ont couru dans les rues de Grozny, en se cachant dans les ruelles pour échapper au pilonnage russe.

Zoulikhan avait toujours cru que son frère était mort pendant la guerre, mais, dans un souffle, son père lui a dit : « Nous n'avions pas d'eau et nous buvions de la neige fondue, mais elle était noire de suie. Il était encore tout petit, je crois que nous l'avons… intoxiqué. Je crois que c'est nous qui l'avons… qui l'avons tué. »

Elle m'a répété ces mots d'une voix tremblante. J'étais suspendue à ses lèvres et à ses secrets dévoilés, retenant mes larmes. Je lui ai dit, en lui prenant la main :

– Ils ont été très courageux, tes parents. Ils sauront jamais de quoi est mort ton frère. Peut-être qu'il était déjà malade ? On peut pas savoir, en vrai. Et tu te rends compte, Zoulikhan : on a réussi à faire ton arbre généalogique jusqu'à tes grands-parents ! C'est génial, déjà ! T'as réussi à poser plein de questions à ton père. Franchement, tu peux être fière de toi !

– Et toi, Hana Thierry, t'es pas vraiment une babtou, si ? Vu tes cheveux…

À côté de son histoire, la mienne me paraissait d'une banalité sans nom.

– C'est ma mère qui est d'origine marocaine. Elle vient de Taroudant. Enfin, pas vraiment elle, plutôt mes grands-parents. Mon grand-père est arrivé en France dans les années 1960…

Sans savoir par où commencer, j'avais décidé d'interroger mes parents à mon tour et j'avais appris des choses qu'ils ne m'avaient jamais dites.

– Après la Seconde Guerre mondiale, la France avait besoin des immigrés pour se reconstruire. Alors, elle est allée les chercher dans ses anciennes colonies — ils n'étaient pas très loin, et en plus, ils ne coûtaient pas cher. Mon grand-père, que tout le monde appelait Bahnini[10], s'est porté volontaire. Et il est parti tout seul, comme ça, à l'aventure, sans ma grand-mère ni ses enfants — parce qu'il en avait déjà deux. Parti pour fuir la misère et offrir un avenir à sa famille. La mienne, en fait.

Zoulikhan a été très à l'écoute, m'a questionnée sur mes silences, sur les zones d'ombre qu'il y avait aussi dans mon histoire familiale. Elle m'a aidée à comprendre que le chemin de Bahnini racontait beaucoup de choses de moi. De ce que je faisais là, aux Hirondelles. Dans ce collège. Et face à elle.

– Mon grand-père a été un des premiers Marocains à immigrer ici, aux Hirondelles.

– Ah ouais ? C'est ouf, ça, Hana ! Un peu le premier gars qui a marché sur la Lune ! Le premier des Hirondelles !

– Ouais, c'est ouf. Ma mère m'a expliqué que son père, avant de trouver un appartement ici, pas très loin du collège, avait vécu dans des bidonvilles. Il y avait des

10. Surnom affectueux en langue arabe.

cafards partout, ils étaient genre à quinze dans une cabane en bois. Quand il faisait trop froid, ils chauffaient de l'eau pour que ça fasse de la vapeur.

– Dire qu'on gueule dès qu'il y a une coupure de chauffage… Quand même, on connaît pas la vraie vie…

– Grave. Et puis j'ai découvert des histoires incroyables. J'ai un cousin, enfin plutôt un cousin de ma mère, qui a vécu un voyage un peu comme celui de tes parents.

– Il est tchétchène ?

– Ben non ! j'ai répondu en riant un peu trop fort. J'suis pas tchétchène, moi ! Il est aussi marocain. Mon grand-père, lui, n'est pas venu par la mer, il a pris le train. Plusieurs trains, même ! Je sais pas comment il a fait pour pas se perdre, parce qu'il savait même pas lire. Mais lui, il est venu légalement. Alors que le cousin de ma mère a choisi une autre route, un autre transport, un truc pas légal, quoi ! Il a traversé le détroit de Gibraltar, qui sépare le Maroc de l'Espagne de quinze kilomètres. Donc, il a quitté le pays sur un zodiac, tu vois, les petits bateaux pneumatiques sur lesquels s'entassent les sans-papiers, comme on voit à la télé. Ben, le cousin de ma mère, il a vécu ça, et le bateau s'est renversé dans la Méditerranée.

– Et… il est mort ?

– Non, il vit aux Hirondelles. Il savait pas nager. Ça paraît pas beaucoup, quinze kilomètres, mais quand on sait pas nager, c'est interminable ! Alors il s'est accroché à une bouée et s'est laissé dériver sur la côte espagnole, et des secours sont venus le chercher. Mais son meilleur copain est mort et la plupart de ceux qui étaient sur le bateau aussi. Toute la famille est restée sans nouvelles de lui pendant des semaines, ma mère a eu très peur. Le plus ouf, c'est que je le connais, ce cousin, il est trop sympa, mais je connaissais pas son histoire. Je lui avais jamais posé de questions.

En interrogeant mes parents, j'avais réussi à remonter jusqu'à mes arrière-grands-parents, mais, pour rester à égalité avec Zoulikhan dans l'exercice, je lui ai un peu menti et je me suis arrêtée à mes grands-parents.

Mme Gattier nous a félicitées pour notre arbre et notre investissement dans nos recherches. Et, depuis que nous avons gravi ensemble les montagnes générationnelles, Zoulikhan et moi sommes copines. Pourtant, je ne l'ai jamais invitée chez moi, ni elle chez elle. C'est une amitié qui se partage au collège.

Quand la sonnerie retentit, nous nous empressons de ranger nos affaires dans nos sacs à dos noirs, tous identiques (enfin, sauf celui de Manon — je savais bien qu'elle se démarquerait avec toutes ses couleurs !).

– Hep hep hep, deux secondes, s'il vous plaît, s'écrie Florence. Je n'ai même pas eu le temps de vous dire ce qu'est l'expérience exceptionnelle que nous allons vivre ensemble dans la forêt de Chambord : nous allons écouter le brame du cerf !

8. Cerf, cerf, ouvre-moi !

Le mercredi suivant, Florence nous explique brièvement ce qu'est le brame du cerf.

– C'est le cri que pousse le cerf en rut, pendant une période très particulière, qui a lieu entre le 15 septembre et le 15 octobre environ : la saison des amours. Le roi de la forêt, donc, pousse un cri rauque, un cri d'animal sauvage qui déchire la nuit ou le petit matin. Par ce cri, il veut s'imposer, intimider les autres mâles qui sont dans les parages, montrer sa présence et sa puissance pour couvrir les biches.

Florence a l'air habitée par ce qu'elle raconte. Elle ne semble pas s'apercevoir qu'on est tous… en train de pleurer de rire.

– Ça veut dire quoi, « couvrir les biches », Florence ? demande Demba, l'air de rien, en reprenant sa respiration.

– Bah, ça veut dire qu'on va aller voir les rennes du Père Noël en train de *hum-hum* ! Oh là là, sa mère ! répond Malik à la place de la prof.

– Franchement, Florence, c'est porno, là ! dit Zoulikhan en riant.

– C'est *hchouma*[11] ! ajoute Nawel.

– Hé, on se calme, là, répond Florence. Ça n'a rien à voir avec le porno. C'est pas possible : je vous propose d'assister à quelque chose d'incroyable, et c'est tout ce que vous trouvez à dire ? Je pensais qu'on pouvait avoir une discussion sérieuse sur ce sujet… Est-ce que j'ai parlé de rennes, Malik ? Il n'y a pas de rennes, en France, ils vivent dans les régions froides, en Scandinavie, en Asie du Nord… Nous, on verra des cerfs, des biches, des chevreuils, de la famille des cervidés eux aussi. OK, un renne et un cerf, ça se ressemble un peu, mais quand même…

– Ah, tu vois ! dit Malik. Pas la peine de se vénère !

Florence décide de ne nous montrer aucune image — elle fait bien ! —, mais elle sort son téléphone pour nous faire écouter le son d'un brame. D'abord, quelques-uns rient timidement, puis le fou rire général nous prend. Florence a l'air en colère, mais on y peut rien, c'est trop drôle. C'est aussi bien flippant, je trouve, ça ressemble à un cri de dinosaure. Enfin, j'ai jamais entendu le cri d'un dinosaure, sauf dans *Jurassic Park*, où ça ressemble un peu au « mwaou waaaou waou hooo » du cerf amoureux…

Les rires finissent par s'atténuer, et la prof reprend :

– En fait, pendant notre sortie, nous entendrons plusieurs cerfs bramer : le cerf dominant, le plus fort, et les

11. « La honte » en arabe.

cerfs satellites, qui veulent également dire qu'ils sont là et qu'ils ne se laisseront pas faire. Il s'agit donc d'un affrontement verbal, mais aussi physique : les cerfs se croisent, se défient du regard, jusqu'à ce que l'un des deux abdique et rebrousse chemin. Si ce n'est pas le cas, l'affrontement se transforme en combat, bois contre bois, parfois très violent, et l'un des deux devra céder. C'est comme ça que se passe la reproduction des cervidés.

– C'est la loi du plus fort, en fait ? dit Nawel.

– Exactement. Le principe de la sélection naturelle : seul le plus fort aura le droit de se reproduire.

– Mais c'est dangereux d'aller voir ça ? s'inquiète Solkem.

– Non, ce n'est pas dangereux. Ce sont des animaux sauvages, mais nous ne serons pas au milieu d'eux. Nous serons répartis par petits groupes dans les observatoires de la réserve, qui sont très bien sécurisés.

Ouf, ça me rassure. Parce que je suis déjà allée à Chambord avec mes parents, mais on n'a rien visité : ni la forêt ni le château. On revenait de vacances, des Cévennes, et mes parents, comme à leur habitude, avaient pris la route de nuit. On s'est arrêtés au petit matin en bordure d'un bois pour que mon père puisse se reposer un peu dans la voiture. Ma mère n'aime pas conduire sur les longs trajets. J'étais petite, mais je m'en souviens comme si c'était hier. Yanis avait quelques mois à peine, il dormait dans son cosy, dos à la route, à côté de moi. Moi, je dors bien tant qu'on roule, mais quand on ne roule plus, j'ai les yeux ronds comme des melons. Donc je me suis réveillée, il faisait à peine jour, gros silence autour de la voiture. À l'intérieur, tout le monde dormait à part moi, ronflements de mon père et respiration profonde de ma mère. Yanis avait son doudou Tigrou dans la bouche, qu'il tétait avec vigueur. Dehors, il y avait des bruits chelous. Pour m'occuper et penser à autre chose, j'ai pris ma lampe frontale — accessoire indispensable des vacances — et j'ai commencé à regarder les images d'un livre. Et soudain, je les ai vus : un cerf, une biche et un faon !

« Aaaah, ils me regardent ! » j'ai pensé.

Et j'ai eu la peur de ma vie. Je craignais qu'au moindre de mes mouvements, ils nous foncent dessus. Discrètement, j'ai tiré sur la manche de ma mère :

– Maman, maman, y a des gros animaux dehors !

Aucune réaction. Faut dire qu'elle a le sommeil lourd. Alors, j'ai enlevé le doudou de la bouche de Yanis d'un coup sec. Et il s'est mis à hurler. Technique efficace. Mes parents se sont réveillés en sursaut. La rosée du matin, les couleurs de l'aube, le reflet des arbres sur l'étang, les oiseaux qui chantaient et le tableau idyllique de la famille de cervidés les ont laissés ébahis.

– Waouh ! Incroyable ! Magnifique ! Quelle chance on a ! se sont-ils exclamés.

Et ils ont bien rigolé quand je leur ai répondu :

– Vite, faut y aller, ils vont nous attaquer !

Mais ils ont quand même redémarré et j'ai pu me rendormir. Cette première expérience en forêt, je ne suis pas près de l'oublier !

– Ce qui peut être plus embêtant, poursuit Florence, ce sont les tiques. Il faudra prévoir des vêtements couvrants et chauds, car nous allons être dehors assez tard et, même si nous sommes en septembre, il peut faire frais.

Quelle horreur ! Les insectes, c'est mon pire cauchemar ! Mais, à voir la tête des autres élèves, je m'aperçois que je ne suis pas la seule. La simple évocation des tiques me donne envie de fuir en courant ; j'imagine la scène direct : on entend le brame du cerf après plusieurs heures d'attente, et moi, je hurle à travers le bois en agitant les bras pour fuir les sales bestioles. La honte totale !

Manon, qui me connaît bien, se retourne vers moi :

– On mettra de l'antimoustique, t'inquiète. On va puer, mais on s'en fout…

Puis elle lève la main pour demander :

– Est-ce qu'il y aura des chasseurs ?

– Oui, on en croisera peut-être. Mais à Chambord, la chasse ne redémarre qu'après la période de brame, répond Florence avec un sourire. C'est bien, je vois que vous commencez à vous intéresser…

– Est-ce qu'il y aura d'autres profs ? demande Zinedine.

– Oui, bien sûr, votre professeur d'histoire-géo, M. Rodriguez, et celle de français, Mme Alain...

– Oh non, pas Mme Alain ! s'écrie Fatou. Elle est trop stressante, Mme Alain !

– Oui, bon, à vous de la détendre, soupire Florence. Et puis il y aura sans doute un assistant d'éducation...

– Enzo ! S'te plaît, Florence ! s'écrie la classe en chœur. Enzo ! Enzo !

– Ça me fait penser à un autre point très important, enchaîne la prof, et sur lequel je crois qu'on va devoir travailler : là-bas, il faudra être très silencieux. Si vous faites du chahut, les cerfs prendront peur et arrêteront tout net. Le guide qui nous accompagnera insistera beaucoup là-dessus. Alors, je vous propose qu'on s'entraîne dès maintenant et qu'on s'interpelle en chuchotant.

– Je pourrai jamais ! dit Zoulikhan.

– Mais si, tu pourras ! Je ne te demande pas de ne pas parler du tout, juste de murmurer, comme si tu baissais le volume de ta musique intérieure. Et puis, nous allons apprendre à marcher d'un pas léger, comme si on avançait sur des œufs.

La sonnerie retentit, et on quitte la classe sans marcher sur des œufs. En passant devant Florence, Ethan se met à chanter :

– Dans sa maison, un grand cerf regardait par la fenêtre...

– Hé mec, *starfoullah*, retour en enfance, ta chanson ! lui dit Nawel en riant. Vas-y, refais, c'est trop bien !

Et toute la classe se met à chanter :

– … un lapin venir à lui et frapper ainsi : « Cerf, cerf, ouvre-moi… ! »

Du coin de l'œil, je vois Florence sourire, mais elle nous dit :

– OK pour rigoler et chanter dans le bus ! Mais là-bas, il faudra vous laisser habiter par le silence ! LE SI-LEN-CE !

9. Le grand jour

C'est bien Enzo qui va nous accompagner — yes !, et Mme Alain — beurk ! D'ailleurs, elle a déjà prévu de nous faire écrire une rédaction sur la nature ou la forêt à l'issue de cette journée. C'est bien un truc de profs, ça, de transformer ce qui était censé être un moment de découverte et de détente en évaluations dans toutes les matières.

Avec M. Rodriguez, ça ne manque pas.

– Savez-vous qui a fait construire le château de Chambord ? demande-t-il.

Évidemment, personne ne sait.

– C'est important parce que, lors de notre prochaine sortie, vous allez certainement en entendre parler.

Il nous raconte que c'est François Ier qui a fait construire ce château à sa gloire, même s'il ne l'a jamais vu achevé. Il a fallu plus de cent cinquante ans pour terminer les travaux. C'est le plus vaste château de la Renaissance française, et pourtant, il a été construit en plein milieu d'un marais — au milieu de nulle part —, pas du tout sur un axe stratégique, contrairement à la plupart des châteaux de la région, bâtis au bord de la

Loire ou au cœur des villes pour être bien en vue et faire face aux ennemis.

– François Ier n'y a pas vraiment habité, poursuit notre prof d'histoire-géo. Il n'aurait effectué qu'une vingtaine de passages dans ce château énorme ! Il n'y allait que pour s'adonner à sa grande passion : la chasse à courre ! C'est lui qui a fait tracer les allées en étoile dans la forêt de Bruadan, pas très loin de Chambord, qui était son premier terrain de jeu avec son père.

« Terrain de jeu » ? Ça me fait bizarre d'entendre ces mots-là pour parler de la chasse. Et je ne m'imagine pas chasser avec mon père ! Quelle idée !

J'aime bien écouter M. Rodriguez, et je vois bien que les autres sont tout aussi captivés que moi par l'histoire de François Ier. Il sait nous intéresser, car d'emblée les images de son récit s'imposent à nous. Il sait trouver les détails qui nous parlent et, quand on fait des commentaires, il ne se laisse jamais envahir, il poursuit son cours comme si de rien n'était. En général, c'est une méthode assez efficace, du moins avec lui, et je dois avouer que je l'admire pour ça. Je l'admire aussi de savoir raconter l'histoire sans fiches, sans lire de notes, comme s'il connaissait tout par cœur. Ça me paraît même à moitié flippant d'avoir autant de mémoire. Moi, avec mon ami le baobab, je ne suis pas sûre d'être capable de ressortir un jour un dixième de ce qu'il nous raconte.

– Savez-vous qu'on pense que Léonard de Vinci était l'architecte de Chambord ? On n'en est pas sûrs, car les archives du château auraient été détruites au XVIIIe siècle, elles prenaient trop de place dans les archives nationales à Paris…

– C'est qui, Léonard de Vinci ? demande Fatima.

– Quand même, Léonard de Vinci ! Vous connaissez bien *La Joconde*, non ? Vous savez, le portrait de cette femme aux cheveux longs et au sourire mystérieux…

Il sort son téléphone pour nous montrer le tableau.

– Ah oui ! répond-on tous en chœur.

– Ah, c'est celle-là ? ajoute Malik. Elle est trop cheum !

Puis M. Rodriguez nous montre l'image de *L'Homme de Vitruve*.

– Mais, m'sieur, on voit son zgeg, là ! s'exclame Zoulikhan. Y a un gars qui a posé pour faire ça ? Ouh là là, il était chaud, chaud, Léonard !

M. Rodriguez ne se laisse pas perturber :

– Donc, vous connaissez Léonard de Vinci en tant que peintre, mais il était aussi architecte, inventeur — c'était quelqu'un d'assez incroyable, qui a marqué l'histoire. Il était très en avance sur son temps. Il a même dessiné des prototypes d'avions, de sous-marins, et de voitures, je crois… Bref, François Ier admirait beaucoup son travail et l'avait invité en France pour l'avoir à ses côtés. Il l'a installé au Clos-Lucé, à Amboise, non loin de Chambord…

– C'étaient des potes, quoi ! conclut Malik.

– *Wesh mon poto, là j'suis pété*[12] *!* chante Ethan.

– Bon, soit vous arrêtez avec vos histoires de potos, soit c'est moi qui m'arrête ! s'agace quand même le prof, mais toujours avec une voix calme, genre ton de yoga.

– Non, non, m'sieur, c'est trop bien, continuez !

Je me dis que, décidément, le château, la forêt, les cerfs… ça va nous changer des Hirondelles, et même de Saint-Vincent-sur-Loire.

Ça y est, c'est le grand jour !

Beaucoup de mes camarades sont là, au pied du bus, avec leurs parents. Les parents ont tous une mine soucieuse, comme si on partait pour un long voyage. J'aperçois Nawel qui arrive en courant avec sa mère et sa petite sœur. Elle enlève son voile de l'autre côté de la chaussée et le range dans la poche avant de son sac à dos.

En sixième, on a sympathisé très rapidement, Nawel et moi. C'est une super bonne élève avec qui on se marre bien. Avec elle, c'est punchline sur punchline ! Elle fout le zbeul, mais jamais méchamment, et elle sait se faire respecter. C'est elle qui nous a initiées aux codes du quartier, Manon et moi. En fait, je l'ai tout de suite beaucoup admirée. On est devenues copines, mais on s'est

12. Extrait de *Hé oh* de Gambi.

jamais invitées l'une chez l'autre. Comme si ça ne se faisait pas. Comme avec Zoulikhan.

Un jour — j'étais encore en sixième —, avec ma famille, on s'est arrêtés à l'épicerie orientale en allant chez ma grand-mère, qui habite toujours aux Hirondelles. Tandis que je lorgnais sur les figues de Barbarie et les grenades avec Yanis (c'est la caverne d'Ali Baba, là-bas !), j'ai entendu la voix super aiguë de Nawel qui passait commande à Abdel, l'épicier :

– Il me faut un kilo de *kefta*[13], du *kazbour*[14], du *maadnous*[15] et du *nanah*[16], s'il te plaît ! Arrête, Salima !

Elle était accompagnée de sa petite sœur, qui louchait sur les boissons avec des petits morceaux de litchis. Moi aussi, je les kiffe, celles-là. C'est très chimique, mais c'est une tuerie. Yanis, lui, il préfère le Hawaï, une boisson gazeuse avec un arôme tropical, hyper sucrée. Mais celle-là, ma mère accepte de nous l'acheter parce que c'est une boisson marocaine.

Bref, j'ai reconnu la voix de Nawel, mais j'ai eu du mal à croire que c'était elle. Parce qu'elle était voilée. Ce jour-là, on ne s'est pas dit un mot, comme si ce n'était pas naturel de se voir en dehors du collège. Nos regards se sont croisés, mais on ne s'est même pas dit

13. « Hachis pour faire des boulettes » en arabe.
14. « Coriandre ».
15. « Persil ».
16. « Menthe ».

bonjour. Dès qu'elle est sortie, j'ai chuchoté à ma mère :

– C'est Nawel, une fille de ma classe.

– Ah bon ? Et vous ne vous êtes pas parlé ?

– Bah, j'sais pas… Non. En fait, je suis choquée : elle est voilée !

Mon père a aussitôt réagi :

– Tu ne l'avais jamais vue voilée ?

– Ben non ! En classe, elle porte pas le voile ! Je suis pas neuneu : j'ai bien vu que des filles remettent leur voile quand elles sortent du collège. Mais Nawel, non, j'avais pas vu.

– Et qu'est-ce que ça te fait ?

– Rien, en fait. Mais je suis choquée parce qu'elle m'a rien dit.

– C'est elle qui vient de Taroudant ? a demandé ma mère.

– Oui, enfin, pas elle : ses parents. Elle est née ici, elle.

– Je connais peut-être ses parents, alors ? S'ils habitent aux Hirondelles, je dois les connaître.

– Maman, tu connais quand même pas tout le monde aux Hirondelles !

– Non, mais je connais beaucoup de monde, surtout ceux de ma génération qui viennent de Taroudant, comme mes parents.

J'ai laissé planer un silence avant de demander :

– Sa mère, elle doit être voilée aussi, non ?

– Sûrement. Sinon, ce serait difficile à comprendre…

– Et pourquoi tu l'es pas, toi ?

– Bah, c'est la vie.

Ma mère répond souvent ça quand elle ne sait pas comment expliquer les choses. Et moi, je lui rétorque souvent en rigolant : « Oui, c'est la vie économique et sociale », et elle ajoute : « La vie économique, sociale et philosophique. N'oublie pas "philosophique". » Mais on n'a pas joué à ça concernant cette histoire de voile. On a vite changé de sujet.

Après ça, on n'en a jamais trop reparlé avec Nawel. Sauf une fois où elle me décrivait les vidéos géniales qu'elle poste sur les réseaux sociaux. Je l'envie trop : elle, elle a un téléphone depuis le CM2. Je lui ai demandé si elle était voilée sur ses vidéos, elle m'a répondu du tac au tac : « Ça va pas, meuf ? J'suis chez moi quand je fais mes vidéos ! Chez moi, je me voile pas ! », comme si c'était une évidence. Toutes les meufs du collège communiquent entre elles sur les réseaux le soir, du coup je me sens isolée. Heureusement, Manon est dans le même cas que moi. Elle aussi, elle vise le mirage de la troisième.

On fait des grands signes à Nawel, Manon et moi, pour lui montrer qu'on est arrivées.

Ma mère plisse les yeux :

– C'est elle, la maman de Nawel ?

– Ben, je suppose, je la connais pas.

– Si c'est elle, c'est Mariama ! On était au collège ensemble !

Je vois que la maman de Nawel a reconnu ma mère, elle aussi, mais elle fait comme si de rien n'était. Ma mère y va direct :

– Mariama ?

– Oui ?

– Tu ne me reconnais pas ? Kamla ! Kamla Hajjaj !

– Ah, Kamla, *wallah*, je ne t'avais pas reconnue. Qu'est-ce que tu fais là ? dit-elle en lui faisant la bise. Ne me dis pas que tu as une fille au collège ?

– Si, Hana ! dit ma mère, très fière. Viens, Hana, viens ! C'est une grande copine de ta fille, Nawel, c'est bien ça ?

– Oui, madame, je m'appelle Nawel.

Devant le côté volubile de ma mère, Nawel a l'air intimidée. Sa mère est voilée, effectivement. Ça me fait bizarre de savoir que nos mères se connaissaient quand elles avaient notre âge. Celle de Nawel poursuit, comme pour s'excuser :

– J'ai pas tilté en voyant les noms de famille sur la liste.

– Oui, c'est normal, elle porte le nom de son père : Hana Thierry. Viens, Fabien, je vais te présenter une copine des Hirondelles.

– Bonjour, madame.

– Bonjour, monsieur, répond-elle sans trop oser le regarder. Et alors, qu'est-ce que tu deviens, Kamla ? Tu as combien d'enfants ? Tu vis où ?

– Je travaille à l'université et on a deux enfants, Hana et Yanis, qui arrivera au collège l'année prochaine. Oh là là, ça passe trop vite ! On n'habite pas loin, on est à Saint-Vincent-sur-Loire…

– Pas loin, pas loin… T'es chez les bourges. T'es prof ?

– Non, pas vraiment, je travaille plutôt avec des adultes qui ont repris leurs études et je les aide à valider leurs diplômes.

– Je vois. C'est bien, *tbarkallah*[17], tu as fait un beau parcours.

En fait, j'ai l'impression qu'à ce moment-là, elle n'écoute plus vraiment ma mère. Elle est polie, mais suit du regard mon père, qui s'est éloigné pour saluer d'autres gens. Elle ajoute :

– *Islem*[18] ?

– Non.

– Ah ouais ? Ben dis donc.

Ma mère ne relève pas et enchaîne :

– Et toi, Mariama, tu fais quoi dans la vie ? Et des loulous, t'en as combien ?

– Des « loulous » ? Tu veux dire des « enfants » ? Tu parles comme les *gaouris*[19], Kamla, *wallahlaradim*[20] !

17. « Que Dieu te préserve ».
18. Sous-entendu : « Il s'est converti à l'islam ? »
19. « Les Blancs », les Occidentaux.
20. « Je te jure au nom de Dieu ».

Voyant ma mère froncer les sourcils, elle ajoute rapidement :

– Attention, c'est pas une critique, ça fait juste bizarre. J'ai trois enfants. Nawel, c'est la deuxième, elle a un grand frère, Mounir, et une petite sœur, Salima. La petite, laisse tomber, elle ne fait que des conneries. Mounir, *hamdoullah*[21], il est au lycée, il travaille bien, j'espère qu'il aura un diplôme, *inch'allah*[22].

– *Inch'allah,* Mariama, y a pas de raison.

Je les écoute se remémorer leur vie au collège, évoquer leurs jeux le soir dans les rues des Hirondelles, ou chez elles quand leurs parents s'invitaient. Elles se détendent et se mettent à rire, et leur rire est le même que le nôtre, avec Nawel. Je me rends compte que, même si ma mère a changé, elle est bien d'ici. Il lui faut quand même cinq minutes pour se reconnecter, puis elle retrouve ses vieux réflexes, jusque dans sa manière de parler. Peu de chose la sépare de la maman de Nawel, finalement, et pourtant elles ne sont plus du même monde.

Zoulikhan, que j'aperçois au loin, est venue toute seule. Falila, elle, est avec sa mère, qui ne quitte pas Zinedine du regard, comme si elle n'avait toujours pas digéré la visite du collège, il y a deux ans ! Elle discute avec la mère de Toutenbec, qui est toute petite par rapport à son fils. Je me rends compte qu'elle est en claquettes ! Bon,

---

21. « Louange à Dieu ».
22. « Si Dieu le veut ».

OK, on est en septembre, mais le matin, il fait déjà frais. Puis je comprends qu'elle habite juste en face et que, comme ma grand-mère, sa tenue d'intérieur peut servir pour l'extérieur. Zinedine, lui, est avec son père, qui n'a pas l'air rigolo… Je ne l'ai jamais vu aussi sage, un garçon modèle… ou à moitié traumatisé ? Falila et Zoulikhan se dirigent vers notre petit groupe. On est trop contentes de faire ce voyage ensemble. Même si ce n'est que pour une journée, on a l'impression de partir en colo !

Il est huit heures tapantes. Florence frappe dans ses mains pour donner le signal du départ.

10. En bande organisée

Nous voilà dans le bus, qui n'a pas encore pris le premier virage qu'Ethan lance :

– Chauffeur, si t'es champion, appuiiie, appuiiie !

– Hé ho, là, on ne va pas commencer comme ça ! s'exclame Mme Alain, furieuse.

Mais Malik entonne :

– Rue du Pied-Moisi, on est partis ! Rue du Pied-Moisi, on est partis !

Et tout le monde répète après lui :

– Rue du Pied-Moisi, on est partis !

Zinedine enchaîne en redoublant de volume :

– Attention, prêts pour *Mohamed…*

– … *Couscous* ! crions-nous en chœur.

– *Mohamed Couscous*, un, deux, trois, enchaîne Zinedine pour nous encourager.

Et nous nous mettons tous à chanter :

– Mohamed Couscous, quand il pète ça fait d'la mousse, Mohamed il est malade, faut l'emmener à l'hôpital, l'hôpital il est fermé…

Enzo intervient :

– Hé, on se calme, on se calme… Vous êtes retournés en primaire, ou quoi ? Si vous êtes comme ça pendant tout le trajet, on va avoir un accident. Le chauffeur a besoin de se concentrer, je vous rappelle. Une autre chanson comme celle-là, et on perd une roue…

J'observe Mme Alain, qui visiblement n'a pas eu d'autre choix que de venir avec nous. Elle est renfrognée, pas du tout détendue, et a déjà sorti ses copies pour faire des corrections dans le bus. C'est limite si elle ne met pas des boules Quies ! Elle tourne les copies inlassablement en soufflant et en chuchotant : « Nul, nul… NUL ! » ou : « Ah, voilà quelqu'un qui a compris quelque chose, il y a de l'espoir, il y a de l'espoir. » Je suis choquée ! C'est ce qu'elle pense quand elle corrige nos copies ? Déjà que je pouvais pas l'encadrer, mais là, c'est mort !

Florence prend la parole :

– L'idée de cette journée, au-delà de la découverte de la forêt, c'est de vous découvrir les uns les autres… Alors j'ai décidé de former des groupes pour vous obliger à vous mélanger…

Encore une de ces idées typiques des profs !

– Oh non, Florence ! On peut pas juste passer une journée tranquille ? Un bon moment ?

Tout le monde est énervé à l'idée d'être séparé des copains.

– Calmez-vous, dit Florence. De toute façon, les groupes, ça ne sera que pour le moment où on ira écouter le brame du cerf. Le reste de la journée, on sera tous ensemble.

Ça me soulage un peu, et la prof de SVT poursuit :

– J'ai bien réfléchi et je vous ai bien observés avant de constituer les groupes. Alors... Le premier groupe sera composé de : Falila, Fatima, Manon, Orhan, Clément et Rania, vous serez le groupe des sangliers, avec M. Rodriguez. Je vous donne à chacun un bracelet jaune.

Tout le monde commente, râle ou se réjouit. Falila se retourne vers moi en faisant un big « YES » en signe de victoire. Pas parce qu'on ne sera pas dans la même équipe, mais parce qu'elle craignait de se retrouver avec Zinedine, sans Toutenbec.

– Le groupe 2, l'équipe des biches, vous serez avec Enzo et moi, avec un bracelet rose : Hana, Toutenbec, Zoulikhan, Ravzanur, Gabriel, Ethan et Zinedine.

Oh non, pitié ! C'est moi qui vais me retrouver avec Zinedine, et sans Nawel pour lui dire de me laisser tranquille ! Falila articule un silencieux « Ma pauvre ! » dans ma direction. Bon, je pense que Toutenbec l'aura quand même à l'œil, il m'aime bien même si ma mère ne lui fait pas d'igname pilée. Au pire, je passerai un deal avec lui, moi aussi : « La paix toute la journée contre des Schoko-Bons pendant un mois... » Je suis sûre que ça va marcher.

– Oh, les pédés avec leur bracelet rose ! s'exclame Malik en éclatant de rire.

– Malik, tu te tais tout de suite ! le rabroue la prof. Ça ne va pas de dire un truc pareil ? Non mais, je rêve !

Elle rappelle que les règles sont les mêmes qu'au collège : respect et écoute.

– Vous vous souvenez de ce que je vous ai demandé pour ce soir ? D'être si-len-cieux ? Je crains le pire !

Puis elle annonce le groupe 3 : Malik, Zoé, Solkem, Nawel, Fatou et Demba. Bracelets bleus. L'équipe des cerfs.

– Yeah, c'est nous qui allons *hum-hum* ! dit Demba.

– T'es gravos, frère, lui répond Nawel.

Florence fait comme si elle n'avait pas entendu et ajoute :

– Vous serez accompagnés par Mme Alain.

– Cheeeh ! lâche Toutenbec, victorieux, en fixant Malik et en se frottant le pouce sous le menton — *a priori*, il n'a pas aimé la remarque sur les bracelets roses.

– Eh bien, ça fait plaisir de vous savoir heureux d'être avec moi ! dit Mme Alain sans se démonter.

Florence distribue une boussole par équipe. Sur place, on nous donnera également une carte, et peut-être des jumelles.

– À quoi ça sert, tout ça ? demande Fatima, l'air paniquée.

– À ne pas vous perdre.

– Mais, Florence, t'as dit qu'on pouvait pas se perdre !

– Oui, j'ai dit ça, et c'est vrai, si vous suivez bien le groupe et que vous respectez les consignes. Mais je dois prendre certaines précautions. Et puis ça sert toujours, de savoir utiliser une carte et une boussole.

– Ça aurait pas été mieux de garder notre téléphone ? demande Ethan, dégoûté, parce que, justement, les portables ont été interdits pendant la sortie.

– Ah oui, c'est sûr, c'est plus facile. Mais c'est le but : que vous appreniez à vous débrouiller tout seuls, en observant votre environnement, en faisant fonctionner votre cerveau. En forêt, il faut être actif, pas se laisser porter. Il faut être sur ses gardes… Mais bon, vous n'allez pas vous perdre, de toute façon ! Je voulais juste vous expliquer le b.a.-ba de l'orientation en forêt.

Notre excitation laisse soudain la place à la concentration, à l'intérêt, voire à un peu d'appréhension. « J'ai peur de me perdre », « J'ai peur des tiques » — ça, c'est moi —, « Ils ne vont pas mettre des trucs au *khallouf*, ce soir, au repas ? », « Et si on n'arrive pas à entendre le brame du cerf ? », « Et si on n'a plus d'eau ? », « Et si, et si… ? » Je ne sais pas si Florence avait mesuré que, pour beaucoup d'entre nous, cette sortie est une grande première !

Zinedine est tranquille. Il finit même par s'endormir. On se fout un peu de lui, car sa tête est tombée sur l'épaule d'Enzo, posté à ses côtés tel un garde-fou. Zinedine ressemble à un grand bébé, avec sa bouche entrouverte. Wesh ? Y a même un petit filet de bave qui lui coule le long de la joue. Falila et moi, on se dit qu'on aimerait bien immortaliser ce moment pour le lui ressortir quand il sera sur notre dos. Au lieu de ça, on le mate en rigolant tellement fort qu'on finit par réveiller la bête. Il se sent un peu ridicule, et j'ai trop pitié de le voir tout penaud comme ça… Ce qui ne l'empêche pas de réagir aussitôt, en ne s'adressant qu'à moi, alors que tout le monde le regarde :

– T'as jamais vu ma gueule ou bien, Hana Babtou ? Regarde devant toi, la tête de ma mère, baisse les yeux. T'es amoureuse, c'est ça ?

Le relou. Je me sens rougir malgré moi, ça me rend furieuse. C'est à ce moment-là que je décide de ne plus jamais avoir de peine pour lui. Il faut que je sois plus forte, que j'arrive à lui rétorquer quelque chose. Mais les mots restent coincés au fond de ma gorge. Je baisse les yeux avec une moue qui, j'en suis sûre, me donne l'air coupable.

Pour faire diversion, Manon sort un livre de son sac. En voyant le pavé, je ne peux pas me retenir de lui faire remarquer :

– T'es folle ou quoi ? Tu vas devoir porter ce bouquin pendant toute la journée ! On n'a le droit de rien laisser dans le bus…

– Oui, je sais, mais j'avais trop envie qu'on le lise ensemble. Mes parents viennent de me l'offrir, je suis trop contente ! J'ai pas pu attendre, je l'ai commencé hier soir. Mais ça me dérange pas qu'on relise tout depuis le début.

C'est le dernier volume de *L'Arabe du futur*, de Riad Sattouf. On partage la même passion pour cette série toutes les deux. C'est fou, le succès de ce livre ! C'est plein d'images, mais ce n'est pas une bande dessinée, même si c'est pas vraiment un roman non plus. L'auteur y raconte son enfance, entre la France et la Syrie. Lui aussi a deux cultures, et ça n'a pas toujours été facile à vivre. Ce qui est génial, c'est qu'il met de l'humour partout, même dans les moments dramatiques. Je ne sais pas comment il fait, j'avoue, il est très fort. Et puis il est né blond, alors, dans la famille orientale de son père, ça faisait chelou.

Falila et Nawel participent à notre lecture, à Manon et moi, et on éclate de rire à chaque page.

– C'est trop marrant !

– C'est pas marrant, dit soudain Malik. Il se fout de la gueule des Arabes, ce mec.

Malik, assis derrière nous, a prêté une oreille à notre lecture.

– N'importe quoi, celui-là ! s'exclame Nawel. Tu l'as même pas lu ! D'ailleurs, tu sais lire, Granola ?

– Bah oui, je sais lire ! Mais je lis pas ce genre de truc. Il se fout de la gueule des Arabes, j'te dis !

– Dans ce cas, il se fout de sa propre gueule. Parce qu'il est rebeu, lui aussi, j'te signale.

– Hé ho, descends de ton dromadaire, là, je t'ai pas agressée !

– Non, mais ça m'énerve que tu dises des trucs comme ça ! Il a le droit de raconter sa vie et de se moquer de certains trucs, ça veut pas dire qu'il se moque des Arabes en général ! Tout de suite, ça y est, il est raciste et tout...

– Franchement, c'est super drôle ! j'ajoute. Tu devrais le lire plutôt que de critiquer !

– J'ai pas le droit de le lire.

– Sérieux ?

Moi, c'est *Tintin* que j'ai pas le droit de lire. Presque pour les mêmes raisons. Parfois, quand je dis que j'ai pas le droit de lire *Tintin*, on me répond : « Non mais, c'est pas possible ! Il fait partie du patrimoine national, Tintin ! », et j'ai un peu honte parce que je ne sais pas quoi rétorquer, à part répéter ce que j'entends à la maison : « Tintin, il est raciste. » Mais je n'en ai pas lu un seul. Enfin, si, un... en cachette. J'ai réussi à l'extirper d'une étagère chez des amis de mes parents qui avaient toute la collection. Au hasard, j'ai sorti *Tintin en Amérique*. En vrai, je mourais d'envie de lire *Tintin au Congo* — le pire de tous selon mes parents –, mais j'ai quand même pas osé aller jusque-là. J'ai pas aimé, *Tintin en Amérique*. J'ai trouvé que c'était bourré de clichés, et ça m'a énervée que les Amérindiens soient présentés comme des êtres sauvages et dangereux, qu'on devait craindre. Enfin... que les Blancs devaient craindre. Je me suis dit que mes parents avaient sûrement raison. Alors, ni vue ni connue, je l'ai reposé.

Notre dispute a attiré l'attention de Mme Alain, qui s'est mêlée à la conversation :

– Je pense qu'on ne devrait interdire aucune lecture ni aucun auteur. Il faut que vous lisiez de tout pour vous forger votre propre opinion, et c'est maintenant qu'il faut le faire. Vous avez le droit de ne pas partager le point de vue de l'auteur. Vous avez le droit de ne pas aimer. Mais, pour avoir une opinion, il faut pouvoir comparer.

C'est la première fois que j'entends Mme Alain parler calmement, sans faire preuve d'autorité. Transformée, la meuf.

Elle poursuit :

– Voyez-vous, Malik, moi aussi, j'ai lu *L'Arabe du futur*, et je suis plutôt fan.

– Ah ouais ? lui dit Nawel. Mais vous êtes branchée, en fait ! Moi, je pensais que les profs de français, ils lisaient que des Maupassant, des Zola, des trucs compliqués, quoi !

– Je ne sais pas ce que vous appelez « branchée », mais j'aime beaucoup *L'Arabe du futur*. Et je vous assure, Malik, que ce n'est pas raciste du tout. Ce n'est pas parce qu'on rit qu'on se moque. Il faut prendre du recul, comprendre l'intention de l'auteur. Il y a beaucoup de second degré chez Riad Sattouf, même si ses livres sont très autobiographiques. D'ailleurs, vous-même, vous n'en manquez pas, de second degré, hein, Malik ? C'est même votre marque de fabrique…

Flatté, Malik répond :

– Merci, madame. Eh, vous êtes trop gentille, là !

– Essayez de comprendre pourquoi vous n'avez pas le droit de le lire, je vous encourage vivement à en parler avec vos parents.

– C'est pas mes parents, madame, c'est mon frère. C'était mon frère…

– Eh bien, demandez à votre frère.

Malik s'enfonce dans son siège ; la mine soudainement renfrognée, il fixe un point dans le paysage.

En tout cas, l'intervention de Mme Alain nous a laissés bouche bée. On savait pas qu'elle pouvait être sympa…

Le trajet se déroule plutôt bien. Enzo a apporté des Dragibus, sur lesquels on se jette tous. Les Carambar, en revanche, ont moins de succès. Moi, j'adore ça ! Zinedine me lance un regard plein de mépris et grogne :

– Hana Babtou…

Est-ce qu'il va finir par me lâcher, lui ?

Puis Enzo sort le jeu du loup-garou. Il sait vraiment mettre l'ambiance, lui ! Et se faire respecter de tout le monde. Je crois que c'est parce que lui aussi, il nous respecte. Dans ce jeu, tout le monde doit endosser un rôle secret et, la nuit, les loups-garous tuent les villageois. C'est un jeu de bluff, qui demande un sacré talent d'acteur ! Le bus résonne de « J'te jure, frère, c'est pas moi ! », « Tu me connais, quand même, j'te ferais pas ça, *wal-*

lahlaradim ! », « T'es ma meilleure copine, j'vais pas te mentir, j'suis villageoise, j'te dis ! »

On rigole bien, quand Florence nous apprend qu'on vient de passer Blois. On s'approche à grands pas de Chambord ! L'annonce d'une arrivée imminente relance notre envie de chanter, mais finies les comptines de colonie de vacances. C'est Nawel qui se lance la première, en mode showgirl :

– En bande organisée, personne peut nous canaliser[23]...

Et tout le monde enchaîne en chœur :

– Dans la zone, ça fume la fusée, pistés par les banalisées ! Hasta luego, fais-en un, hasta luego, fais-en deux...

Applaudissement général, même des profs — enfin, sauf Mme Alain, faut pas abuser. J'en reviens pas : elle est trop forte, cette chanson, parce que je trouve les paroles vraiment pourries (« pourrites », dirait Yanis), n'empêche qu'on la connaît tous par cœur.

23. Extrait de *Bande organisée* du collectif 13'Organisé.

11. Naturalisation

Nous arrivons en forêt de Chambord dans une ambiance festive, toujours en mode vitres qui vibrent et chansons : « Merci chauffeur, merci chauffeur, merciii ! Merci chauffeur, merci chauffeur, merciii ! » Il nous lance un petit clin d'œil rieur dans le rétro. Trop sympa.

Florence est très soucieuse du comptage, je me dis qu'elle va passer son temps à ça : un, deux, trois, quatre… Voir s'il y a le bon nombre d'élèves, la crainte d'en perdre un : l'angoisse des profs quand ils font des sorties scolaires. Ils doivent se faire des films, s'imaginer face aux parents : « Désolé, on a cherché partout. Partout. Mais impossible de le retrouver. Pourtant, j'étais tout le temps avec eux et… »

Nous sommes accueillis par l'un des guides forestiers :

– Bonjour, bonjour ! Soyez les bienvenus dans le domaine de Chambord, la plus grande réserve close de murs d'Europe ! La forêt qui nous entoure fait 5 440 hectares, l'équivalent de la moitié de la ville de Paris !

– Waouh ! crions-nous en chœur.

– Bon, je suppose que vous avez faim et soif. Ça fait combien d'heures de route depuis Agen ?

– On vient d'Angers, m'sieur ! s'exclame Manon en riant. Agen, c'est pas nous, c'est les pruneaux !

– Il a le Zeimer, lui ? me chuchote Nawel.

– Le Zeimer ? Tu veux dire Alzheimer ? je lui réponds, interloquée.

– Oui, c'est mes petits cousins, au bled, qui disent ça ! Ça me fait trop rire, alors maintenant je le dis aussi !

– Ah oui, Angers, désolé..., se reprend le guide. Vous avez un beau château, vous aussi ! Allez, suivez-moi !

Silencieux, presque intimidés, on le suit jusqu'à une sorte de grosse ferme.

– Vous êtes ici à la Guillonnière, dans la salle des trophées. Je m'appelle Sylvain et c'est un honneur de vous y accueillir !

« Un honneur » ? Il en fait trop, quand même ! « En exclusivité mondiale, nous avons l'honneur de recevoir les élèves de François-Mitterrand des Hirondelles ! »

– C'est majestueux, n'est-ce pas ? ajoute-t-il.

J'entre dans la salle, et je sens la main de Manon serrer très fort la mienne. La tête d'un cerf est clouée au mur, tournée vers la porte d'entrée, comme pour nous accueillir. « Majestueux », je ne sais pas. Sûr que c'est impressionnant. Il y a des têtes de cerfs, de biches, des bois, des crânes partout, partout... et des photos d'animaux, aussi.

– Aaaah, mais c'est dégueu ! s'écrie Solkem.

– L'horreur ! dit Demba.

– Ça pue ! renchérit Nawel.

Je sens le malaise de Florence.

– Vous les avez un peu préparés avant cette visite ? lui demande Sylvain, l'air faussement étonné.

– Oui, mais surtout sur le brame du cerf…, répond notre prof. J'aurais peut-être dû leur en dire un peu plus.

Moi, je reste sans voix face aux animaux empaillés.

– Ce ne sont pas les animaux que vous voyez là qui sentent mauvais, dit Sylvain à Nawel. Il se trouve que, la nuit, des chauves-souris se faufilent par la toiture. Ce sont elles qui laissent cette odeur.

– Aaaah, des chauves-souris ! s'exclame de nouveau Solkem.

– Il faut les excuser… Ils n'ont pas l'habitude, bredouille Florence.

N'empêche que Mme Alain non plus n'a pas l'air over rassurée. Une grimace s'est figée sur le visage d'Enzo ; je suis sûre qu'il est dégoûté aussi, même s'il ne dit rien. Quant à M. Rodriguez, il lit les panneaux explicatifs et prend des photos.

J'essaie de me concentrer sur les citations affichées ici et là :

Quand un arbre tombe, on l'entend. Quand la forêt pousse, pas un bruit.

En marchant dans la forêt, si tu rencontres deux fois le même arbre, c'est que tu es perdu.

Il n'y a pas de WiFi en forêt, mais je vous assure qu'il y a là une bien meilleure connexion.

Je vais essayer de les retenir, ça me plaît bien, toutes ces phrases. Au moins, elles ne sont pas compliquées comme celles du collège.

Sylvain nous invite à prendre un jus de fruit et des petits biscuits disposés sur une table. Il précise que les biscuits, des palets solognots, viennent de la grande biscuiterie de Chambord, et que les jus sont bio et fabriqués en circuit court. Franchement, trop classe, l'accueil ! Mais, quand même, il en fait un peu des caisses, le Sylvain. Il en profite pour parler écoresponsabilité — un thème sur lequel il reviendra tout au long de la journée.

– Si vous respectez la nature, elle vous le rendra, conclut-il.

– Qu'est-ce qu'elle nous rendra ? glousse Toutenbec tout bas. De la thune ? Nous, on veut de la thune !

– Qu'est-ce qu'il y a dans les biscuits ? demande Ethan.

Ça m'étonne qu'il demande ça : d'habitude, il mange de tout. Je remarque que mes copains regardent les biscuits avec une drôle de tête. J'ai l'impression qu'Ethan est le seul qui a osé demander.

– Des raisins et du rhum, je crois... Ah oui, je vais aller voir s'il nous reste des sablés au chocolat.

Quand Sylvain revient, il annonce :

– Ce que vous allez vivre aujourd'hui, c'est un voyage à travers cinq cents ans d'histoire. Certes, vous n'allez pas visiter le château aujourd'hui, mais l'histoire du domaine y est intimement liée. Je suppose que vous connaissez François Ier ?

M. Rodriguez sursaute, comme si on lui faisait une interro surprise :

– Oui, oui, bien sûr qu'ils connaissent !

– Bien. Vous allez donc parcourir ce site d'exception, avec ses célèbres allées aménagées en forme d'étoile, puis, ce soir, vous aurez peut-être la chance, le privilège de rencontrer le roi de la forêt, le cerf. Mais une chose est sûre : vous l'entendrez. Avant de nous mettre en route, je suppose que vous avez préparé des questions…

Effectivement, avec Florence, nous en avons préparé une série : « Depuis quand le cerf vit-il à Chambord ? Combien y en a-t-il aujourd'hui ? Quel type de végétation allons-nous voir ? Quels autres animaux allons-nous rencontrer ? »

Intérieurement, je pense :

Et est-ce qu'on est sûrs qu'on ne va pas se perdre dans la forêt ?

Et nous continuons : « Est-ce que le réchauffement climatique a un impact sur la vie des animaux et sur la forêt ? Est-ce que le cerf est menacé ? À quoi servent ses bois ? »

Et qu'est-ce qu'on va manger ce soir ?

« Combien ça coûte de venir visiter le château en famille ? »

Et pourquoi on n'a pas simplement décidé de visiter le château plutôt que se perdre dans la forêt ?

Manon, à côté de moi, est au bord des larmes. Elle finit par demander, des sanglots dans la voix :

– À quoi ça sert, d'empailler des animaux ? Franchement, c'est moche, c'est même flippant. En fait, c'est juste les chasseurs qui veulent frimer avec des cadavres pour montrer qu'ils sont les plus forts. Ils arrachent même les bois ! C'est trop nase.

– Tu sais, répond Sylvain, tous les animaux qui sont dans cette salle ne sont pas morts à cause de la chasse. Ce grand cerf, par exemple, a été percuté par une voiture. Et cette salle ne sert pas seulement à exposer des trophées ; elle sert à montrer l'évolution des cervidés, pour nous y sensibiliser.

– Mais il y a les livres pour ça ! Les documentaires ! Pourquoi les empailler ?

– En fait, on ne dit pas « empailler », mais « naturaliser » : aujourd'hui, on ne se sert plus de paille. Les taxidermistes, qui réalisent ce travail, sont des vrais passionnés de nature. D'ailleurs, je sais que c'est difficile à croire, mais la plupart des chasseurs aussi. Mais nous y reviendrons…

Je sens que Sylvain va avoir beaucoup de mal à convaincre Manon. J'entends Fatima qui lui chuchote :

– Pour moi, être « naturalisé », ça veut dire avoir la nationalité française…

– Tu as raison, Fatima, intervient Florence : quand tu prends une nouvelle nationalité, tu gardes le même aspect et tu ne changes pas vraiment ton identité. C'est un peu pareil avec ces animaux…

Je trouve la comparaison hyper chelou, mais je n'ose pas le dire.

Notre guide nous parle des cinq grandes thématiques de notre excursion : la roselière, les zones humides, la forêt, la mare forestière, les grands animaux. Il liste les animaux que nous allons peut-être croiser :

– On estime qu'il y a entre 800 et 1 000 cerfs élaphes, 1 000 à 1 500 sangliers, environ 300 mouflons de Corse et près de 200 chevreuils…

Regards impressionnés de mes camarades.

– Eh, c'est mieux que le zoo !

Puis il nous parle de l'histoire du site.

– T'sais quoi ? dit Ethan à Malik. Il me fait penser au gars, là… tu sais, le gars de la télé, qui parle avec une voix de château…

– Ah ouais, grave ! répond Malik. Stéphane Bern !

Sylvain, qui les a entendus, a l'air un peu vexé :

– D'habitude, on me parle plutôt de Fred et Jamy dans *C'est pas sorcier*… mais bon, bref. Laissons la télé de côté, car aujourd'hui, vous êtes dans le réel !

Il lève le poing pour accompagner ses paroles.

– Dans le dur ! Dans l'aventure !

Il relève le poing.

Calmos, Sylvain, tu t'emballes, je pense.

Et c'est l'heure de partir en balade. Notre guide propose qu'on laisse des affaires dans une armoire.

– Vite, vite, Manon ! Pose *L'Arabe du futur* !

– Même pas en rêve, je vais me le faire chourer ! Ou alors, Granola va le prendre pour le brûler ! Je le garde dans mon sac !

12. Libellules, grenouille et balbuzard pêcheur

Nous voilà sur un ponton de bois aménagé, émerveillés, perchés au-dessus de la roselière, un marécage d'où surgissent une multitude de roseaux qui s'offrent à nous dans toute leur beauté.

– Comme c'est poétique ! s'exclame Solkem.

– Je dirais même romantique ! ajoute Zoulikhan sur un ton précieux qui fait rire tout le monde.

On découvre aussi de petits insectes — surtout des libellules, plein de libellules d'un beau bleu argenté. Les libellules, ça va, j'ai pas peur. Il y a également des canards. Je me penche au-dessus de l'eau avec Zoulikhan, et on regarde notre reflet déformé.

– Miroir, miroir, dis-nous qui est la plus belle ! s'écrie-t-elle.

On est tout près du bord — trop près à mon goût. Il suffirait que Zinedine passe par là et me donne un petit coup de pied aux fesses… pour que je tombe dans l'eau de manière ridicule.

Et que j'en ressorte dégoulinante de lentilles d'eau et de tiges de roseaux.

Et que je sois la risée de tout le collège pendant des mois.

Je ne veux même pas y penser !

Une grenouille verte nous fait sursauter en apparaissant d'un petit bond près de nos visages. Zoulikhan se met à crier :

– Monsieur, monsieur, une grenouille, sa mère, une grenouille ! C'est dégueu ! Elle m'a sauté à la figure !

Et elle manque de tous nous faire basculer du ponton en piquant un sprint sur l'allée de bois qui longe la roselière. Je crois que la grenouille a eu plus la trouille qu'elle, en fait, parce qu'elle est restée figée dans l'eau, à nous fixer de ses gros yeux noirs et globuleux. En voyant Zoulikhan courir si vite, même Florence oublie que nous devons faire silence et éclate de rire. Moi, je recule d'un bond, sentant dans mon dos la présence de Zinedine. Je sais pas pourquoi, j'imagine qu'il prévoit un sale coup. Et j'ai pas du tout envie de me retrouver dans cette piscine qui grouille de bestioles.

Tout à coup, sur une branche qui flotte dans l'eau, je reconnais un héron cendré, avec son long cou blanc, son plumage gris, son bec jaune. On en voit beaucoup à Saint-Vincent-sur-Loire. C'est mon oiseau préféré.

En CE2, au début de l'année, la maîtresse nous avait fait remplir un questionnaire pour mieux nous connaître. Ce n'étaient pas vraiment des questions, mais plutôt des phrases à trous, du genre : « Si j'étais un chanteur, je serais… », « Si j'étais un dessin animé, je serais… », « Si j'étais un animal, je serais… » J'avais répondu « un héron cendré » et j'avais ajouté entre parenthèses : « Parce que c'est l'oiseau le plus beau du monde. »

Zoulikhan a arrêté sa course folle face à des arbres d'une forme bizarre, qui ont aussi l'air de l'inquiéter. Y a pas à dire : c'est pas une aventurière.

Sylvain s'approche d'elle :

– Ce sont les arbres morts de Chambord. Ils sont beaux, non ?

Décidément, je trouve que Sylvain est en extase devant tout ce qui est mort ! D'abord les têtes des cerfs, maintenant les arbres… En tout cas, ils me scotchent, ces arbres un peu blancs, dépourvus de feuilles — seulement des troncs et des branches, plantés au milieu de l'eau.

– Beaux ? dit Solkem. C'est pas vraiment le mot. Ça fait triste dans le paysage ! Pourquoi on les coupe pas ?

– S'ils sont crevés, faut les enterrer ! ricane Toutenbec.

– Ah non, il ne faut surtout pas les couper ! On ne dirait pas comme ça, mais ils contribuent à préserver la biodiversité. S'ils n'étaient pas là, beaucoup d'espèces seraient menacées. Ils sont morts, oui, mais ils sont pleins de vie : les insectes y trouvent refuge, s'y nourrissent, y creusent des cavités. Des chouettes peuvent aussi nicher dans les grandes fissures qu'on aperçoit çà et là dans les troncs. Et puis, le bois mort sert à fertiliser les sols ; ce sont ces arbres qui permettent de régénérer la forêt.

Au loin, le château de Chambord nous regarde. J'imagine François Ier avec son poto Léonard de Vinci en train de faire du cheval, un chapeau sur la tête, vêtu d'une tenue royale.

Des épines, des feuilles, des pommes de pin. On avance sur des allées balisées, mais un peu cabossées par endroits, avec parfois des trous en plein milieu. Peut-être l'œuvre des sangliers ? On regarde tout autour de nous, enveloppés dans un drôle de silence. C'est calme et, en même temps, il y a plein de petits bruits. Les oiseaux chantent, les branches crépitent comme du feu, les feuilles au sol craquent sous nos pas. C'est un bruissement permanent dans un décor tranquille.

Les arbres sont immenses, maintenant. Certains sont droits comme des piquets, d'autres recourbés comme des vieilles personnes, certains s'enlacent, d'autres se cambrent sur les sentiers comme pour nous dire bonjour, certains encore semblent vouloir jouer, nous inviter à grimper sur leurs branches, et puis il y en a qui n'ont pas l'air sympa, un peu moches, un peu fracassés. En les observant, j'ai l'impression d'être face à des gens.

Le soleil transperce les branches. Ça rend le décor très féerique, un peu surnaturel même. On s'amuse à sauter sur les racines, à entourer les troncs de nos bras. Il y a des petits parcours faits de rondins de bois, sur lesquels on improvise des épreuves de *Koh-Lanta.*

Florence ferme le groupe et n'arrête pas de nous compter. Mme Alain a les jumelles vissées sur les yeux. Quant à M. Rodriguez, il passe plus de temps à admirer le château que les arbres.

Je vois Ethan et Malik qui cherchent une branche solide pour s'en faire un bâton de marche. Ça m'inquiète de les voir s'éloigner de l'allée, j'ai peur qu'on les perde.

– Manon, attends ! je lui chuchote.

– Qu'est-ce que tu fais ? On va se faire engueuler si on suit pas le groupe !

– Attends, y a Malik et Ethan dans le bois, en train de chercher des bâtons !

– Si ça se trouve, ils sont juste allés faire pipi, et on va attendre comme deux imbéciles, là ?!

– Mais non, j'te dis qu'ils veulent ramasser des branches !

– Bon, moi, j'y vais ! Je vais pas me faire coller pour un pipi !

À ce moment-là, les garçons ressurgissent, l'allure fière, avec un morceau de bois deux fois trop grand pour eux qu'ils exhibent comme une médaille de sportif.

– Regardez ce qu'on a trouvé, les filles ! dit Ethan. J'espère qu'on aura le droit de le ramener !

Il le fait tourner comme un bâton de majorette, et Manon manque de se le prendre en pleine figure.

Heureusement qu'elle l'a évité de justesse, sinon elle m'aurait tuée !

– Je vais le raccourcir, le tailler avec mon couteau, enlever les nœuds, j'égaliserai un peu, je ferai une pointe… et je graverai mon prénom !

– Bon, t'as fini, le scout ? s'énerve Manon. Faut y aller, on va se faire engueuler.

– Attendez, dit Malik en ouvrant son sac. J'ai faim, moi : vous voulez un Granola ?

– Nooon !

On rejoint le groupe discrètement, Florence n'a rien remarqué. C'est bien la peine qu'elle compte tout le temps !

Malik n'est pas le seul à avoir faim, et nous décidons de pique-niquer. Pendant qu'on mange, Sylvain continue sa leçon d'histoire.

– C'est au XVIIe siècle que Gaston d'Orléans puis Louis XIV ont décidé de créer un mur d'enceinte pour bien fixer les limites de la propriété, mais aussi pour préserver l'environnement.

– Un mur ? relève Manon. Comme ce que voulait faire Trump aux États-Unis pour empêcher les Mexicains de venir ? Pourquoi on est toujours obligés de construire des murs et des frontières ?

– Euh, ce n'est pas tout à fait la même chose, jeune fille, répond Sylvain de sa voix de château, avec un petit rire. Celle-là, on ne me l'avait jamais faite !

– Trump, c'est un malade mental, grommelle Zinedine.

En fait, il se comporte bien depuis tout à l'heure. OK, Enzo ne le lâche pas d'une semelle, mais quand même… Je me suis peut-être trompée sur son compte ?

– Et Zinedine, c'est un prénom de gars qui fout un coup de boule, glousse Toutenbec.

– D'où tu parles, toi ? Quand on s'appelle Toutenbec, on ferme son bec.

– Allez, allez, on arrête ça tout de suite, intervient Florence. Sinon, ça va dégénérer.

J'ose même pas imaginer si c'est moi qui avais dit ça à Zinedine, qu'il a un prénom de gars qui fout un coup de boule ! Mais bon, j'aurais pas pu le dire : en rentrant chez moi, je vérifierai qui est ce Zinedine.

Nous nous remettons en route. Des chênes, des bouleaux, d'immenses fougères d'au moins un mètre de haut.

– Regardez, chuchote soudain Sylvain. Un balbuzard pêcheur.

Il nous dit qu'il y a une dizaine de couples de balbuzards pêcheurs dans le domaine. Ça a l'air de le rendre très fier, mais… aucun de nous ne sait ce que c'est.

– C'est un grand rapace, avec de petits yeux jaunes et un plumage noir et blanc, un peu tacheté. Le domaine a participé à un programme européen de sauvegarde de cette espèce. Vous voyez les nids en haut des arbres, là ?

Les balbuzards sont philopatriques. Vous savez ce que ça veut dire ?

Il n'attend pas notre réponse avant d'enchaîner :

– Ça veut dire qu'ils retournent nicher dans la région où ils sont nés.

– Ça veut dire quoi, « nicher » ? demande Ethan.

Là, à vitesse grand V, Demba balance :

– Lapinicho, loanichba, libouniche nio niba, oulibounich'til ?

– Pas mal ! s'exclame Sylvain. Répète plus lentement pour que tout le monde comprenne...

– La pie niche haut, l'oie niche bas, l'hibou niche ni haut ni bas... Où l'hibou niche-t-il ?

– Alors, où l'hibou niche-t-il ? demande Sylvain.

En chœur, plusieurs répondent :

– Libounichpa !

Sylvain éclate de rire :

– Eh si, l'hibou niche ! Il ne niche ni haut ni bas, mais au milieu, là !

Et il nous montre un trou dans un arbre, au milieu d'un tronc :

– C'est là qu'il niche : là qu'il fait son nid. Donc, pour en revenir aux balbuzards, si on veut qu'il y en ait partout, on doit les aider à coloniser de nouveaux territoires, on doit les relâcher ailleurs. Parce que c'est un oiseau migrateur : il revient à Chambord de mars à septembre, pour couver et refaire son nid. On a vraiment de la chance d'en voir encore quelques-uns ; ils sont sur le départ.

– Ils vont immigrer ?

– Migrer !

– Frérot Balthazar ! dit Malik en tapant du poing sur son cœur. Un immigré, comme nous !

– Euh… balbuzard, Malik, balbuzard, dit Mme Alain.

Notre excursion touche pratiquement à sa fin. On n'a pas senti les kilomètres du tout. Bientôt, on va aller écouter le brame du cerf… Mais d'abord, on aperçoit un autre animal. Une grosse biquette avec d'immenses cornes recourbées. Elle s'approche et je vois Nawel farfouiller dans son sac pour en sortir… une banane !

– Non, ne lui donnez pas de banane, surtout ! s'écrie Sylvain. C'est un mouflon ! Ça ne mange pas de bananes, un mouflon, c'est herbivore ! C'est déjà très bizarre qu'il vienne si près de nous, ça veut dire qu'il s'est trop habitué à la présence des promeneurs.

– Vas-y, l'autre, elle a cru que c'était un singe ! se moque Zinedine. Tu te crois au parc de la Garenne, wesh ?

– Ferme ta bouche, je t'ai pas sonné ! répond Nawel, un brin vexée de s'être fait reprendre devant tout le monde.

Pour se donner une contenance, elle se met à manger sa banane, tandis que Malik chante :

– Non mais laissez-moi, non mais laissez-moi manger ma banane[24] !

Elle lui balance la peau à la figure.

– Hé ho, là ! crie Florence. Ça se passait bien jusqu'ici ! Vous n'allez pas commencer à faire n'importe quoi ?! Nawel, tu ramasses ta peau de banane, tu la jetteras dans une poubelle tout à l'heure ! Et maintenant, ça suffit !

---

24. Extrait de *La Banane* de Philippe Katerine.

13. Cerf, cerf, montre-toi !

Avant de nous mettre en route pour aller écouter le brame du cerf, nous repassons par la Guillonnière. Florence nous explique :

– Pendant des siècles, l'homme et la nature ont réussi à réguler la population des cervidés. Leurs prédateurs naturels, le loup et le lynx, et puis les chasseurs prélevaient juste ce qu'il fallait pour que cette population ne soit ni menaçante ni menacée. Mais au XIXe siècle, l'homme a éliminé les prédateurs : le loup et le lynx. Plus de prédateurs naturels ! Et les cervidés sont devenus une cible facile pour les braconniers. Vous faites bien la différence entre un braconnier et un chasseur ?

– Oui ! répond Gabriel. Un braconnier, c'est un voleur, et un chasseur, c'est un tueur.

– C'est un peu raccourci… Un braconnier, c'est bien un voleur, quelqu'un qui n'est pas autorisé à être là, qui tue le gibier n'importe quand, n'importe comment, et un chasseur, certes, il tue aussi des animaux, mais lui y est autorisé. Bref, avec les braconniers, le nombre de cerfs a chuté en flèche. Pour stopper cette chute, des mouvements de protection de la nature, mais aussi des sociétés de chasse ont décidé de préserver ces animaux. Et la population a de nouveau augmenté. Tu vois, Manon, c'est ce que disait Sylvain tout à l'heure : les chasseurs sont aussi des protecteurs des animaux.

– Pourquoi tu défends les chasseurs, Florence ? réagit Manon dans un sanglot étouffé. Comment des gens qui tuent peuvent protéger les animaux ? On peut pas défendre les gens qui tuent ! C'est juste l'homme qui exerce sa domination sur l'animal…

– Pff, n'importe quoi, celle-là ! lui répond Demba. Franchement, tu manges de la viande ou bien ? Quand on mange de la viande, on tue les bêtes !

– C'est la loi de la jungle, faut bien bouffer, ajoute Zoulikhan.

– Non, je mange pas de viande, et je suis fière de pas en manger ! réplique Manon de manière affirmée.

– Elle fait ce qu'elle veut, la défend Nawel. Elle a quand même le droit d'avoir des opinions et d'être végétarienne !

– D'où tu parles, toi ? Tu manges trois tajines par jour et tu viens nous faire des leçons de morale ? lui rétorque Zinedine.

Florence coupe court à l'échange :

– Stop, stop. Manon, je comprends ta réaction. Je ne défends pas les chasseurs ; mon rôle, c'est de vous expliquer les choses et de vous apprendre à porter un autre regard sur des idées un peu toutes faites. Ça semble contradictoire, mais c'est pourtant vrai. Écoute la suite :

la population de cerfs a de nouveau augmenté, au point qu'ils sont devenus trop nombreux par endroits. Et quand il y en a trop, ils peuvent être nuisibles à la forêt. Les cervidés, ce sont de vrais jardiniers : ils taillent, ils éclaircissent… Mais s'ils sont trop nombreux, ils se transforment en véritables défricheurs : ils vont manger les jeunes pousses et la forêt ne peut plus se renouveler, ils détruisent des buissons où nichent d'autres animaux, ils frottent leurs bois contre les troncs… surtout en période de brame. Si cet écorçage est trop important, les arbres meurent. Et si les arbres meurent, il n'y a plus de forêt.

Manon écoute Florence, les sourcils froncés et l'air surpris. Je ne pense pas qu'elle prendra un jour la défense des chasseurs, mais j'ai l'impression qu'elle a compris des choses.

Sylvain complète :

– Pour les sangliers, c'est un peu pareil. Ils fouillent le sol avec leur groin à la recherche de nourriture et sont souvent dans les zones humides, là où nous étions tout à l'heure, pour s'y souiller. Ils mélangent la terre et l'eau pour y créer de véritables bains de boue dans lesquels ils se vautrent. Du coup, les milieux aquatiques sont privés de lumière, ils sont perturbés et ils s'appauvrissent. Le phénomène est encore accentué par la pollution de l'eau à cause de leurs déjections.

Tout le monde éclate de rire.

– Aaah, ils font caca là où on était ? C'est moins poétique d'un coup, hein, Solkem ? dit Zoulikhan avec une mine de dégoût.

– Ben oui, ils font caca… C'est naturel de faire caca. Bref, pour conserver l'équilibre entre le nombre de grands animaux et ce que le domaine peut accueillir, on organise des battues. Comme vous me voyez, j'aime la forêt et ses animaux, et je suis chasseur…

Là, c'est la stupéfaction générale. Il n'a pas une tête de chasseur, pourtant, Sylvain !

Falila lève la main :

– Désolée, mais je comprends toujours pas. Comment on peut organiser des battues ? Vous imaginez si on faisait ça pour les humains ?

Sylvain poursuit son explication :

– Pour éviter de tuer trop de cervidés, on pratique aussi la technique du panneautage : on étend de grands filets dans la forêt pour capturer les cerfs. C'est de là, d'ailleurs, que vient l'expression « tomber dans le panneau ». Ensuite, on les relâche dans des forêts où la population est trop peu nombreuse…

Puis il jette un coup d'œil à sa montre :

– Mais il est dix-huit heures : l'heure est venue d'aller écouter le brame du cerf !

Deux autres guides forestiers, Mélody et Benoît, nous rejoignent. Est-ce que ce sont des chasseurs, eux aussi ?

Pas la fille, c'est pas possible. Je n'arrive pas à imaginer qu'une fille puisse tuer des animaux. Elle porte un pantalon marron et un haut vert. Quel âge a-t-elle ? En tout cas, elle fait super jeune et elle a l'air super cool. Elle nous regarde avec une envie folle de nous faire découvrir ce monde qui la passionne.

C'est le moment de nous séparer en petits groupes. Et c'est Mélody qui va accompagner le mien, trop cool ! On va monter dans des 4×4 qui nous emmèneront à quatre kilomètres de là, dans l'un des cinq observatoires, très espacés les uns des autres, qui peuvent chacun accueillir une cinquantaine de personnes.

– Mais, Florence, s'ils peuvent accueillir cinquante personnes, pourquoi on reste pas tous ensemble ? demande Falila.

– Parce que quand vous êtes tous ensemble, vous faites trop de bruit...

Me voilà donc avec le groupe des biches, assise dans la voiture à côté de Zinedine. Mon cœur bat la chamade, je suis au bord du malaise tellement je le sens imprévisible. C'est pas pour rien si notre groupe est le seul accompagné par deux adultes du collège. Je fixe mon bracelet rose pour me donner un air détendu.

– Eh, mais ça pue la noix de coco, ici ! crie soudain Zinedine.

Misère ! Mes cheveux ! Avec le vent dans la voiture, mes cheveux lui taquinent le visage.

Le problème des cheveux frisés, c'est qu'ils sont réactifs. Ils sont vivants ! S'il pleut, ils gonflent. S'il fait beau, ils restent comme ils étaient, mais s'il fait beau *et* chaud (et qu'en prime on transpire, par la racine, s'il vous plaît !), eh bah... ils font n'importe quoi, un peu frisés en haut, plus lourds en bas, des boucles qui se font la malle, des longueurs différentes, un coin hyper secos, l'autre tout gonflé, des zones humides... Mes cheveux aussi, c'est un vrai réservoir de vie ! Alors ce matin, je les ai bien humidifiés, puis je les ai soigneusement démêlés, d'abord avec mes doigts, puis avec ma brosse magique qu'on a achetée deux dirhams dans le souk de Taroudant — une brosse ronde, en plastique, spéciale cheveux de Rebeuse, introuvable en France (enfin... sauf chez Abdel, l'épicier des Hirondelles, où on trouve vraiment de tout, même cette brosse magique). Puis j'ai pris une pincée de crème à la noix de coco, que j'ai délicatement appliquée en me massant la tête, du cuir chevelu jusqu'au bout des mèches. Et là, je sais pas ce qui m'a pris : j'en ai pris une autre, puis une autre, j'en ai mis et remis...

– Ça pue ! Mais ça pue, là ! insiste Zinedine.

Je ne sais pas si c'est fait exprès pour me sauver, mais Enzo dit :

– C'est la voiture qui sent la coco, Zinedine. C'est pas désagréable, d'ailleurs, je trouve.

Fin de l'histoire. Ouf.

Enfin, nous arrivons à l'observatoire. Avant même que Mélody ne coupe le moteur, j'ouvre la portière pour me libérer de cette promiscuité avec Zinedine. Je cours vers Zoulikhan en m'écriant :

– Hé, copine de l'équipe des biches !

Et je soulève un peu la manche de son pull pour voir son bracelet rose.

– Qu'est-ce que tu fais, Hana ? dit-elle en tirant sa manche d'un coup sec et en jetant des regards inquiets autour d'elle.

En plus de son bracelet rose, j'ai eu le temps de voir des traits, plein de traits, parfaits, bien alignés les uns au-dessus des autres, des traits cicatrisés, des traits plus vifs, roses eux aussi et où on apercevait encore du sang juste à la surface.

– Pardon, Zouli, je voulais pas…

Je reste sans voix devant ce bras zébré avant d'oser lui demander :

– Ce sont des… des scarifications ?

– Pas de panique, Hana ! Ça va, je vais bien, t'inquiète ! J'aime bien faire ça. Ça m'occupe l'esprit, tu sais, et puis c'est joli, non ?

– Euh… joli ? Je suis pas sûre. Et pourquoi tu les caches, alors ?

Elle lève les yeux au ciel, agacée, mais je ne lâche pas :

– Tu fais ça avec quoi ?

– Avec un compas. Je fais ça chez moi, tranquille pépouze, quand je regarde une série par exemple. J'aime sentir l'aiguille qui transperce ma peau. T'en parles pas, hein ? On garde toujours nos secrets, promis ?

– Oui, promis.

Florence nous interpelle :

– Hé, les filles, on y va !

Nous montons dans l'observatoire. C'est une grande cahute, un peu comme une cabane, ouverte de tous les côtés et recouverte d'un toit en paille. Mélody nous explique que ce n'est pas de la paille mais de la brémaille, une grande bruyère qui pousse naturellement en Sologne. Ça ressemble aux maisons surélevées qu'on voit parfois à la télé, posées sur pilotis.

Des dizaines d'autres personnes sont déjà installées, dont un petit groupe d'élèves, comme nous. Il y a un attroupement qui attire tout de suite notre regard. Mélody nous dit que ce sont des habitués, qui viennent tous les ans. Ils se sont mis en tenue de camouflage : vêtements à motifs de feuilles, casquette kaki vissée sur la tête, appareil photo de compétition et jumelles qui pendouillent autour du cou — c'est limite s'ils n'ont pas dissimulé leur visage avec du cirage.

– Ça ne sert à rien de se camoufler, ici, c'est l'observatoire qui nous cache. Mais eux, ce sont des vieux de la vieille. Ce sont des chasseurs d'images, si vous me permettez le jeu de mots : des passionnés de photo, de grands amateurs de cervidés. Ils peuvent rester ici plusieurs jours avant d'apercevoir un animal. Avant, ils se cachaient directement dans la forêt pendant la période de brame, mais ce n'est plus vraiment autorisé aujourd'hui, car c'est trop dangereux. Et puis, ils ont plus de chances de voir des animaux d'ici, car ils sont en hauteur. Quand ils étaient en forêt, ils devaient se confondre avec les branchages, discrétion absolue... Là, ce qui fera la différence...

Mélody met un doigt sur sa bouche, en nous parlant un peu comme à des neuneus ou des tout petits enfants, je sais pas trop :

– C'est fffotre silence et fffotre concentration... Chuuuut...

Et soudain, coup de tonnerre ! Ou plutôt, coup dur pour Florence, coup loupé pour Enzo, coup de tête à Mélody, coup même pas imaginé par moi — et pourtant, je m'y attendais, j'avais même fait des paris avec les copines : se ferait-il la malle, pousserait-il quelqu'un dans l'eau, jetterait-il des trucs par terre, embêterait-il Falila toute la journée ? Non : coup de sifflet !

Zinedine a sorti de sa poche un sifflet. D'un coup sec et rapide, il a soufflé dedans de la manière la plus puissante qui soit. Deux fois de suite. Pas de troisième : Enzo se jette sur lui pour lui arracher l'objet du délit. Florence, horrifiée, met ses mains sur son visage. Pendant quelques instants, j'en oublie les cicatrices de Zoulikhan, les tenues de camouflage ridicules, l'odeur de noix de coco dans mes cheveux. Nous sommes tous immobiles, les yeux écarquillés sur l'incident diplomatique qui vient de se produire devant nous.

Un élève de l'autre groupe, sans doute un « autre Zinedine », se met à chanter, en agitant la main comme s'il faisait la circulation :

– Pooo popopopopooo po !

Son prof l'attrape aussitôt par l'épaule et le secoue pour le faire taire, en levant un doigt menaçant face à lui.

– D'où tu sors ça ? demande Mélody, furieuse, à Zinedine. C'est mon sifflet ?

– Hé ! Si vous êtes pas capables de tenir vos animaux sauvages, faut pas venir ! dit l'un des gars en tenue de camouflage.

Toutenbec lui répond, en articulant calmement :

– C'est nous, les animaux sauvages ?

Ravis de cette animation imprévue, les autres élèves observent la scène qui dégénère. Les camouflés s'agitent autour de Toutenbec. Si j'étais eux, je ferais moins les malins, car un Toutenbec *calme* signifie en fait un Toutenbec *très énervé*. Quasi au bord de l'explosion…

Zinedine a l'air content de son coup. Il affiche ce petit rictus, savant mélange de victoire et d'innocence. Je l'entends qui dit : « J'ai rien fait, m'dame ! » pendant que Mélody récupère le sifflet.

– C'est bien le mien ! Mon sifflet pour les chiens !

Elle attrape Zinedine par le col et l'entraîne vigoureusement dans le 4×4. Florence les suit de près, tandis qu'Enzo, dépité, reprend ses esprits en nous demandant de revenir au calme. Il n'a pas encore capté que Toutenbec est parti dans le groupe des camouflés, et qu'une autre pagaille est en train d'avoir lieu.

– C'est nous, les animaux sauvages ? dit Toutenbec en détachant très lentement ces deux derniers mots. Répète ce que tu viens de dire ! C'est nous, les animaux sauvages ?

Les autres vieux du groupe tentent de l'apaiser en lui disant :

– Ce n'est pas ce qu'il voulait dire… Allez, passe à autre chose… C'était pas bien méchant…

– Quoi, c'était pas bien méchant ? C'est raciste, c'est tout ! Hé, Rambo, tu nous prends pour des animaux sauvages ? C'est pas gentil, ça, pas gentil du tout !

Enzo le remarque enfin et intervient :

– Viens, Toutenbec, on ne va pas en remettre une couche, si ?

Puis il se tourne vers le camouflé :

– Monsieur, ce ne sont pas des animaux sauvages, d'accord ? Ce n'est pas parce qu'un seul fout le bazar que vous avez le droit de parler comme ça. Vous n'avez jamais été jeune, vous ? Ça ne se fait pas, de dire ça…

J'aperçois Ravzanur, les larmes aux yeux, qui ouvre et ferme les poings de manière saccadée, en s'enfonçant les ongles dans la peau. Elle ne supporte pas les tensions.

Cette fille est un mystère pour moi : elle est à la fois brusque et hypersensible. Les mauvaises notes la font pleurer, les cris des élèves dans la cour la font sursauter, si un prof lui pose une question et qu'elle ne connaît pas la réponse, elle se bouche les oreilles en baissant les yeux. Elle est très bonne élève, très cultivée, très sérieuse, mais complètement paralysée dès qu'il s'agit d'entrer en contact avec les autres. Ses parents l'accompagnent au collège tous les matins. Ça se voit qu'elle vient à reculons. D'ailleurs, à un moment, en cinquième, elle n'est plus venue du tout. Notre prof principal nous a dit qu'elle souffrait de phobie scolaire, qu'il fallait qu'on l'aide, qu'on la rassure, qu'on soit sympas avec elle.

Même si je suis pas une élève populaire, j'avais pas trop envie de traîner avec elle, de faire partie de son camp — celui des isolés. Et puis elle me rendait triste. Mais bon, j'ai essayé. De temps en temps, je lui lâchais un « Ça va ? », le genre de « Ça va ? » qui n'attend pas vraiment de réponse. Et puis, un jour, je l'ai vue cachée sous l'escalier du bâtiment B, seule comme toujours, en train de lire *Harry Potter*. Je me suis arrêtée et je lui ai demandé :

– Ça va ?

Un vrai « Ça va ? », cette fois-ci. D'une voix tremblante, elle m'a répondu qu'elle voulait devenir invisible. Qu'elle aimerait qu'Harry Potter lui jette un sort pour la faire disparaître.

– Tu vois, je serais là, et pouf! plus là.

Après ça, avec Manon, on est allées la voir, et on lui a dit qu'on voulait bien être ses copines, mais ça n'a pas pris. Ça n'a jamais pris avec qui que ce soit d'autre non plus, d'ailleurs. Alors on a laissé tomber. Personne ne l'embête, mais personne ne fait attention à elle. Elle est reléguée au rang des invisibles, un peu comme elle le voulait.

Pendant qu'Enzo tente un plaidoyer auprès des camouflés, j'entends la respiration de Ravzanur qui s'accélère. Spontanément, je m'approche d'elle et je lui caresse l'épaule. Alors, pour la première fois, elle me sourit. D'un sourire franc et rassuré.

Florence revient avec Mélody et Zinedine. J'ai l'impression qu'ils sortent d'une garde à vue, comme dans les séries à la télé. Nous apprendrons plus tard que Zinedine a trouvé le sifflet dans la voiture, à ses pieds. C'est un sifflet que Mélody utilise avec ses chiens, un sifflet de dressage. Je ne sais pas ce qu'ils se sont dit, mais Zinedine a l'air calmé. Florence aussi. Mélody, par contre, semble encore sur ses gardes.

Le camouflé finit par s'excuser auprès de Toutenbec en disant que ses mots ont dépassé sa pensée. Qu'il voulait simplement être au calme. Qu'il n'est pas raciste. Qu'« animaux sauvages », ça lui est venu comme ça, à cause du lieu, et bliblabla et bliblablou…

À présent, tout le monde est concentré.

– Vous croyez qu'on va l'entendre, le brame du cerf ? demande Ethan.

– C'est sûr qu'on va l'entendre, chuchote Mélody. J'espère surtout qu'on va en voir…

Pour le moment, tout ce que j'entends, ce sont des insectes qui tournent autour de moi. Beurk. J'ouvre mon sac à dos et je fais un petit coup de *pschit-pschit* sur mes mains et sur mon visage.

– Hana, tu fais quoi, là ? m'interpelle Florence d'un ton excédé, comme si on accumulait toutes les conneries du monde. On a dit pas de bruit, mais pas d'odeurs non plus : ça sent hyper fort, ton truc !

– Bah, tu nous as dit de faire attention aux tiques…

– Oui, d'accord, mais dans la forêt, pas ici ! Allez, donne-moi ça, comme ça on n'en parle plus !

Je la trouve super injuste, tout à coup. Ce que j'ai fait, ça n'a quand même rien à voir avec ce qu'a fait Zinedine, et je me fais gronder comme une petite fille… Ravzanur se penche vers moi :

– C'est pas contre toi, Hana, elle est énervée, à cause de l'autre, là…

– Oui, sûrement, mais je suis quand même vexée.

Le calme revenu, nous nous approchons de la rambarde pour regarder l'immense paysage devant nous. Dans l'observatoire, le silence est complet, mais dans la forêt, c'est un véritable concert !

Et tout à coup, nous les apercevons : trois biches sont entrées dans notre champ de vision, tout près, tout près… Il y en a une qui sautille pendant que les deux autres broutent tranquillement de l'herbe. On s'immobilise net, tous nos sens aux aguets. Même Zinedine semble captivé par l'apparition des biches. On entend comme un souffle lointain. À moins que ce soit un craquement de branches ? Avec Zoulikhan et Ravzanur, on se tient par les bras, pas très rassurées. Enzo a l'air aussi flippé que nous, il n'arrête pas de hausser les sourcils et de sursauter. On attend.

Et soudain, sur la droite… superbe. Un port de tête sublime.

– On a une sacrée chance, chuchote Mélody. C'est le grand cerf !

Puis deux autres cerfs arrivent par la gauche. Et d'autres biches aussi. Certaines insouciantes, qui mangent en relevant la tête de temps en temps. Certaines méfiantes, qui font de petits bonds très élégants. Certaines paniquées, sans doute à l'idée de ce qui les attend…

– Là, un sanglier ! s'écrie Florence à voix basse.

Effectivement, une masse courte sur pattes traverse la prairie. Pendant ce temps, le grand cerf s'approche des biches.

– Il fait quoi, là ? demande Toutenbec tout bas. Il leur sent le cul ?

– Il tente une approche, répond Mélody.

– Il va la *hum-hum* ? On va voir son zgeg ? s'inquiète Zoulikhan.

Moment de gêne ultime, rires étouffés. Pourvu qu'il ne lui monte pas dessus ! Non... il la renifle simplement. Et il s'allonge par terre, comme résigné.

– Il est au bord de l'épuisement, explique Mélody. Pour lui, ça fait des jours que ça dure.

Les autres cerfs en profitent pour s'approcher. Le grand cerf se remet sur ses pattes et va à leur rencontre. Il dodeline de la tête. D'un coup, il la relève vers le ciel et pousse un cri qui déchire le silence. Je suis parcourue d'un frisson, on se blottit les unes contre les autres, la bouche ouverte, retenant un énorme : « Ooooh ! » Ça fait vraiment penser aux dinosaures ! Ou plutôt, à des vaches.

Les autres cerfs lui répondent. Et d'autres encore, que nous ne voyons pas. Toute la forêt gémit. Les biches sont toujours là — les insouciantes, les méfiantes, les paniquées —, toujours plus nombreuses. Pas besoin de jumelles : tout ce petit monde nous offre un concert à nos pieds. La rue du Pied-Moisi, elle, semble très, très loin.

Certains cerfs rebroussent chemin, mais l'un d'eux fait face au grand cerf. Ils continuent de bramer chacun leur tour, puis encastrent leurs bois les uns dans les autres. S'engage alors un combat impressionnant. Ils se percutent, tête baissée, sans bramer ; le grand cerf est incontestablement le plus fort ! Pendant que leurs bois s'entrechoquent, les oiseaux continuent de piailler et les biches poursuivent leur farandole — les naïves mangent, les prudentes sautillent, et les flippées se sont fait la belle. Le grand cerf revient vers l'une d'elles, lui sent à nouveau le derrière et essaie de lui monter dessus. Elle esquive, il se rallonge, rebrame, refait une tentative. Cette fois-ci, elle ne bouge pas.

Vision d'horreur. Beauté de la nature. Image d'un petit faon à venir. Le temps s'arrête, nous sommes dans une autre dimension, comme dans une faille spatiotemporelle. Les oiseaux chantent, la nuit tombe, le décor est irréel. Les camouflés sont en transe, Florence heureuse, Mélody émue, Enzo est retombé en enfance. Et nous, nous sommes bien silencieux, émerveillés… mais quand même morts de rire.

Partie 2

Je m'appelle Hana Thierry

14. Ma mif

Je suis sortie du collège à seize heures trente et je me fais l'effet d'une tortue, le dos courbé sous mon sac à dos, il est lourd comme si on y avait mis des cailloux. Faut dire que je ne prends pas toujours le temps de passer au casier pour y déposer les livres dont je n'ai pas besoin. J'ai tellement peur de louper la navette ! Surtout que, comme tous les mardis, je dois passer chercher Yanis à l'école.

La navette m'arrête juste à côté et nous traversons Saint-Vincent-sur-Loire à pied. Même si je suis chargée, je ne peux pas m'empêcher de jouer les grandes sœurs et lui propose de porter son cartable. Il refuse catégoriquement en me disant qu'il est grand, « non mais ! » Il n'arrête pas de parler, me raconte sa journée en commençant par :

– J'ai une bonne et une mauvaise nouvelle. Je dis laquelle d'abord ?

– La mauvaise.

– Tu veux pas la bonne d'abord ? Allez, pour une fois !

– Non, la mauvaise. Je préfère finir par la bonne.

– Bon, OK. J'ai eu deux points de moins à ma dictée.

– T'as encore rendu une copie pleine de ratures ? Tu devrais faire gaffe, au collège ils sont encore pires avec ça !

– Ouais, mais c'est pas juste : c'étaient des gribouillis de rien du tout. En plus, j'avais tout bon !

– Maintenant, la bonne nouvelle ?

– Je suis délégué de classe !

– Ah, génial ! Les parents vont être fiers de toi ! Tu vas devoir écrire un programme, je pourrai t'aider si tu veux. Je te rappelle que moi aussi, j'ai été déléguée !

– J'ai déjà plein d'idées, mais je pourrai pas en profiter puisque c'est ma dernière année à l'école.

Son grand projet, c'est de faire supprimer les pissotières, ces trucs qui puent et qui obligent les garçons à sortir leur kiki devant tout le monde.

« Ça me bloque ! J'ai peur qu'on me regarde et, du coup, j'arrive pas à faire pipi. »

C'est vrai : dès qu'il rentre à la maison, il court comme une furie vers les toilettes en criant « J'suis prem's ! »

Il me raconte ensuite les petites embrouilles de la récré, les billes qu'il a échangées avec ses copains, son repas dégueu à la cantine… Un vrai moulin à paroles. Tout à coup, ça me rend nostalgique de l'école primaire. Ça ne me manque pas, mais je m'aperçois que quelque chose a disparu depuis : mon insouciance. À l'école, j'ai l'impression que je ne m'inquiétais de rien. Ni de mon apparence physique, ni d'être populaire, ni de comment j'allais rentrer le soir, ni des devoirs interminables, ni de savoir si j'allais tomber amoureuse, si quelqu'un avait un crush pour moi, ni de savoir si j'étais rebeuse ou française…

On arrive à la maison. J'adore quand on est tous les deux, sans les parents. Yanis et moi, on balance nos sacs et on enlève nos chaussures en quatrième vitesse, sans défaire les lacets. Et maintenant, direction le placard à cochonneries ! Mon frère demande d'un air malicieux :

– On se fait un apéro-goûter ?

Pas besoin de me faire prier ! En deux temps, trois mouvements, on sort des biscuits apéro, des céréales qu'on fait baigner dans du jus multifruits, du pain, du miel, du fromage, de la confiture de rhubarbe… La maison ne ressemble plus à rien.

– Je peux jouer aux jeux vidéo ? Dis oui, Hana !

– T'as pas de devoirs ? dis-je avec un air sérieux.

– On est mardi, demain j'ai pas cours !

– Bon, d'accord, mais alors pas plus d'une heure ! Après, on range le bazar avant que papa et maman rentrent.

– Yes ! Mais c'est toi qui débarrasseras, parce que c'est moi qui ai presque tout sorti sur la table basse.

– Tu rigoles, ou quoi ? On rangera à deux ! Moi, je vais regarder ma série, et à 18 heures on arrête !

En *moonwalk*, Yanis se dirige vers le bureau, où se trouve la console. Quand je pense que nos parents avaient des principes bien arrêtés sur les écrans ! Ils se sont laissé déborder… Mais ils posent toujours la contrainte du temps qu'on y passe.

Moi, je m'installe sur le canapé d'angle pour me plonger dans *Stranger Things*. Elle file les jetons, cette série ! J'ai dû travailler mes parents au corps pour qu'ils acceptent que je la regarde. « Mais tout le monde l'a vue, au collège ! Déjà que j'ai pas de téléphone… Faites-moi confiance, un peu ! » Le « faites-moi confiance » est une expression qui marche assez bien avec eux. Et j'ai aussi joué la carte de : « Ça m'aide avec l'anglais », qui a fini de les décider. Enfin, on a quand même regardé le premier épisode ensemble…

Bref, on n'a pas du tout eu le temps de ranger quand j'entends la clé tourner dans la serrure.

– J'ai l'impression que c'est la fête dans cette maison.

Ma mère. Mince, mince… J'appuie sur pause et me redresse rapido.

– Maman, t'es déjà là ? On vient juste de se poser, j'te jure. On va ranger tout ça !

– Oui, vous allez ranger. C'est pas très grave…, dit-elle d'un ton las.

– Qu'est-ce qu'il y a ? T'as une voix toute bizarre…

– Ça va, ça va. C'est juste que khali[25] vient de m'appeler pour m'annoncer le décès d'un de ses bons copains.

---

25. « Tonton » en arabe. On dit « khali » pour l'oncle maternel et « aami » pour l'oncle paternel.

– Lequel, de khali ?

– Khali Rachid.

– Mince… tu le connaissais ? Le mort, je veux dire…

– Oui, je le connaissais très bien. Je savais qu'il était malade, mais pas à ce point-là. Je suis même pas allée le voir à l'hôpital.

Ma mère est bouleversée, comme chaque fois qu'il arrive quelque chose dans la famille. Elle a deux sœurs et trois frères. Ils forment un tout. Rachid, c'est le quatrième. Dans l'ordre, ça donne : Salah, l'aîné, puis Souad, Magyd, ensuite Rachid, Fatiha, et enfin ma mère, la dernière. Khali Rachid, c'est mon oncle préféré, mon chouchou. Et puis il a quatre filles, mes cousines, dont la dernière, Ibtissam, a mon âge et est comme une sœur pour moi.

Mon grand-père, Bahnini, est mort avant ma naissance, et ma grand-mère, que j'appelle « jda[26] » et qui vit aux Hirondelles, n'a plus toute sa tête. Elle a le Zeimer, je crois, comme dirait Nawel. Enfin, les médecins ne savent pas ce qu'elle a exactement parce que, comme elle ne parle qu'en berbère, ils n'ont pas pu lui faire passer les tests adaptés. Ma mère et mes oncles et tantes s'occupent d'elle à tour de rôle.

Avant, elle venait dormir à la maison de temps en temps. Ma mère dormait à ses côtés, dans le bureau ou

26. « Grand-mère » en arabe.

dans le salon. Elles étalaient des matelas partout, j'aimais bien, ça faisait comme au camping. Ma mère était tendue chaque fois que jda venait parce qu'elle ne nous reconnaissait plus, même pas elle, sa propre fille. Il fallait tout le temps qu'on se présente, et surtout qu'on ne la contredise pas trop. Je lui rappelais la façon dont elle m'avait toujours appelée :

– *Jda, salamalikoum*, c'est *Hnina*[27].

Elle répondait en berbère, alors, pour Yanis et moi, c'était réglé : on n'y comprenait rien. Du coup, on lui parlait en français avec de grands sourires, on imitait les infirmières qu'on voyait chez elle quand on lui rendait visite dans le quartier des Hirondelles. Toujours patientes, toujours souriantes — je me demande comment elles font.

Un soir, ma mère a dû s'absenter cinq minutes pour s'occuper du linge et elle m'a confié jda. Nous étions toutes les deux dans le salon, je la fixais en souriant pour essayer de la rassurer. Dès que ma mère est sortie de son champ de vision, elle s'est mise à regarder partout autour d'elle, comme si elle était perdue. Je lui ai répété en lui prenant la main :

– Elle arrive, jda, elle arrive, t'inquiète pas, je suis là. C'est moi, c'est *Hnina*.

Comme elle a semblé s'apaiser, je me suis autorisée à aller aux toilettes. À mon retour, elle n'était plus là. J'ai

---

27. « Mamie, bonjour, c'est ta douce. »

vu la porte d'entrée ouverte et j'ai crié vers ma mère à l'étage :

– Maman ! Maman ! Jda est sortie !

Ma mère a descendu les escaliers quatre à quatre. Il faisait déjà nuit. En plein milieu de la route, on a aperçu ma grand-mère dans sa robe blanche à broderies, avec son voile sur la tête qu'elle avait pris soin d'ajuster. Elle n'avançait plus ; l'air complètement égarée, elle tournait sur elle-même.

Ce soir-là, ma mère ne m'a pas grondée. Mais jda n'est jamais revenue dormir à la maison.

Yanis sort du bureau à ce moment-là, son casque autour du cou. Il nous jette un regard interrogatif et inquiet :

– Pourquoi tu pleures, mamounette ? C'est jda ?

– Non, c'est pas jda, mon chéri, elle va bien. Je viens d'apprendre le décès de quelqu'un que j'aimais bien.

– Viens, je vais t'expliquer, Yanis, lui dis-je. Mais d'abord…

Je pointe du doigt le bazar sur la table basse. Je m'attends à ce qu'il réponde « flemme », son mot fétiche. Mais non, comme deux enfants modèles, on range notre pique-nique improvisé. On fait même le tri dans les poubelles et on vide le lave-vaisselle — un exploit.

Ma mère va se mettre en pyjama (elle se met toujours en pyjama en rentrant à la maison), puis elle passe un coup de fil à l'une de ses sœurs, la plus proche en âge, Fatiha. Je les entends parler de cérémonie, d'organisation, des parents du défunt.

Quand elle raccroche, elle a toujours une petite mine.

– Je vais te faire une petite devinette pour te détendre, mamounette…

– Oh non, Yanis, arrête avec tes blagues ! C'est pas le moment !

– Laisse-le, Hana. Vas-y, mon chéri.

– Alors… quel est le pays le plus cool du monde ?

Ma mère fait mine de réfléchir :

– Attends voir… Je ne sais pas…

– Le Yémen ! Le « *Yeah, men!* »

– Super, très drôle, mon chéri…

– Oui, ben, le Yémen, je crois pas que ça soit le pays le plus cool du monde, en vrai, je grommelle.

– Oh, ça va, la rabat-joie ! C'était pour le jeu de mots !

– On avait compris, Yanis, la ferme !

– Arrêtez, tous les deux !

– Bon, une autre : c'est quoi, une pomme dauphine ? insiste mon frère.

Sans attendre que ma mère réponde, je demande :

– C'est quand, l'enterrement ?

– C'est ce que j'essaie de savoir, dit-elle, les yeux rivés sur son téléphone. Mais j'arrive pas à avoir les infos. Je suis pas sûre qu'il sera enterré.

– Euh… je comprends pas, là. On va pas le… naturaliser, quand même ? je demande, incrédule, en me remémorant les têtes de cerfs dans la salle des trophées. Un humain est forcément enterré quand il est mort, non ?

– C'est plus compliqué. Tu peux aussi décider d'être incinéré. Fatiha m'a laissé entendre que ce serait peut-être son cas, ce qui serait une première aux Hirondelles.

– Il vient des Hirondelles ?

– Oui, ses parents habitaient juste en face de ton collège. On connaît bien toute la famille. Lui, il jouait au foot avec khali. C'était un rebelle, quelqu'un qui allait toujours au bout de ses idées, qui se moquait de ce que les autres pensaient…

Yanis se mêle à la conversation :

– Incinéré, ça veut dire qu'on va le brûler ? Ça doit faire super mal !

– Il est mort, il aura pas mal, Yanis ! dis-je, même si moi non plus, cette histoire d'incinération ne me rassure pas. Je l'ai déjà vu ?

– Oui, tu l'as déjà vu chez jda, mais il y a longtemps, tu ne dois pas t'en souvenir. On se voyait moins, ces dernières années. Le quotidien, la routine, on a le temps puis plus le temps, et voilà, il est mort. Il s'appelait Fayçal. Non, il s'appelle Fayçal.

Les larmes lui montent à nouveau aux yeux.

– Il était venu à notre mariage. Et aussi à la maternité, quand tu es née, bichette. Il s'était fait classe, avait apporté un énorme bouquet de roses et une petite poupée pour toi. Il m'avait dit : « Alors, la petite Malak est devenue maman ! Montre-moi ta merveille ! »

– C'était quelle poupée ?

– Kirikou ! s'exclame ma mère en riant et en reniflant. Tu sais, le Kirikou à qui on a enlevé les piles !

– Ah oui, le Kirikou ! Je l'adorais, et Yanis aussi !

Ma mère pleure à chaudes larmes. Pour détendre l'atmosphère, je chante en la prenant dans mes bras :

– Kirikou n'est pas grand, mais il est vaillant ! Kirikou est petit, mais c'est mon ami !

Puis j'ajoute :

– Je viendrai avec toi à la cérémonie.

– Non, ma chérie, c'est gentil, mais je serai avec mes frères et sœurs. Ne t'inquiète pas, ça va aller.

– Ibtissam y sera ?

– Oui, c'est sûr, c'était son parrain.

– Alors, j'irai aussi ! Pour Kirikou !

– C'est quoi, une pomme dauphine ? insiste Yanis.

– Je sèche, répond ma mère en riant entre ses larmes.

– C'est celle qui a fini deuxième au concours de Miss Patate !

Il a réussi son coup parce que, maintenant, nous sommes toutes les deux mortes de rire. C'est tellement nul que ça marche !

Puis maman reçoit un SMS : *Pour Fayçal, RDV crématorium d'Angers samedi 23/11 à 13h45. Début à 14h15.*

15. Tête de chasseur

C'est Ibtissam qui a insisté pour que je vienne. Elle est tellement triste d'avoir perdu son parrain ! Ma mère a accepté sans discuter.

On passe chercher tata Fatiha, qui vit seule, célibataire et indépendante. Comme ma mère est une angoissée des horaires, on attend dans la voiture pendant des plombes que sa sœur descende de chez elle.

Échange de SMS :

Je suis en bas.

On avait dit 30, pas 15. Je suis pas prête.

Oui, mais dépêche. Ça caille et je suis avec Hana.

J'arrive, trois minutes.

Puis on passe chercher khali Salah. Bon, avec lui, pas de problème. Les connaissant, sa femme et lui, ils faisaient déjà le pied de grue depuis un quart d'heure. Il est atteint du même syndrome que ma mère, le quart d'heure d'avance chevillé au corps, la peur d'arriver en retard.

Devant le crématorium, nous retrouvons mes oncles et tantes, quelques-uns de mes cousins et cousines. Tout le monde est sur son trente et un. Moi, j'ai attaché mes cheveux en queue de cheval haute pour faire plus sérieuse et dégager mon visage. J'aperçois khali Rachid dans son beau costume ; l'une de ses filles remet son nœud de cravate bien en place.

– Coucou, khali.

– Coucou, *Hnina*. T'es sympa d'accompagner ta maman. J'en connais une qui va être contente de te voir.

Ibtissam salue ma mère :

– Coucou, tata Kamila.

Puis elle se jette dans mes bras.

– C'est trop triste, Nana ! Ils vont le cramer !

Ma mère discute avec ses sœurs. Au bras d'Ibti, je me joins au groupe des jeunes, mes cousins et mes cousines. C'est bizarre, des funérailles. On sait pas trop comment se comporter, on n'ose pas rigoler ou parler de la pluie et du beau temps. C'est limite si on se sent le droit d'aller bien. Alors on se tait et on garde des mines défaites en observant nos parents.

Une de mes cousines, Yasmine, me dit :

– T'as vu ? Ayoub n'est pas venu. Y a pas non plus Mayssa ni Smail… Les crevards. Pour assister aux soirées que Fayçal organisait, ils étaient toujours là et toujours les premiers. Au fait, elle est où, Chantal ? Je la vois pas, elle devrait être arrivée. Et Mehdi aussi…

Tout à coup, le visage d'Ibti ressemble à un smiley avec des cœurs. Comment je n'ai pas fait le lien ? Chantal, c'est la femme de Fayçal, et Mehdi, c'est leur fils, leur fils unique. Il a dix-sept ans, et Ibtissam est secrètement amoureuse de lui, même s'il est de quatre ans son aîné.

– Tu vas enfin le voir ! me chuchote-t-elle.

J'ai l'impression de le connaître tellement elle m'en parle ! Il est, selon elle, « le plus beau garçon du monde », un brun ténébreux au sourire ravageur, les dents blanches et bien alignées comme dans les pubs de dentifrice. Souvent, elle ajoute : « Vivement qu'on m'enlève mon appareil dentaire ! » Et, en plus, il est « super intelligent ».

Je regarde khali Rachid qui fait les cent pas et commence à réunir autour de lui les collègues de Fayçal. Il était enseignant dans un collège d'Angers. Beaucoup de profs, d'assistants d'éducation et de chefs d'établissement qu'il a connus sont présents, ils ont tous l'air très affectés. Ils se remémorent de bons souvenirs avec Fayçal. Je me sens moyennement à ma place ; entre sa famille, ses amis et ses collègues, j'ai l'impression d'être la seule qui ne le connaissait pas.

Toujours aucun signe de Chantal et de Mehdi, s'étonnent mes cousines. Les parents de Fayçal ne sont pas là non plus. Apparemment, ils n'ont pas prévu de venir.

– C'est chaud, frère, dit Jalil, un de mes cousins, à un autre. Normalement, y a pas d'incinération dans l'islam. Pour eux, c'est pas possible de venir. Mais, franchement, c'est triste qu'ils soient pas là. Sa sœur est censée venir pour représenter la famille, mais je la vois pas non plus… C'est vraiment chaud, là…

– Pour être chaud, c'est chaud. Ça brûle, même! tente de blaguer une de mes cousines, qui se prend un flop.

Ibti me raconte que les parents de Fayçal souhaitaient rapatrier le corps de leur fils au Maroc, comme le veut la coutume. L'enterrer selon le rite musulman. Dans la terre de ses origines. Mais il en avait décidé autrement. Chantal a dû affronter toute sa belle-famille pour réussir à imposer le choix de son mari et respecter sa dernière volonté. Déjà, se faire enterrer en France était pour eux un sacrilège, mais se faire incinérer, c'est pire que tout! Comme s'il reniait ses origines, sa religion. Voilà pourquoi ils ont décidé de ne pas venir. Fayçal s'y attendait, il avait prévenu Chantal, mais pour lui, le plus important, c'était de rester près de sa femme et de son fils, même après la mort.

Avant qu'on entre dans le crématorium, je vais demander à ma mère si elle veut que je reste avec elle.

– Non, merci, ma chérie. Reste avec tes cousins. Je suis fière de toi, c'est dans ces moments-là que je vois que tu as grandi.

– J'ai apporté Kirikou dans mon sac à dos, maman! Et je lui ai remis des piles!

– Fais attention à ce qu'il ne se déclenche pas pendant la cérémonie! me dit-elle en souriant.

On se dirige vers la salle, on n'est pas si nombreux que ça, une trentaine de personnes en tout. C'est un peu bizarre. À l'entrée de la salle, il y a un panneau qui indique : *Faites un don pour lutter contre le cancer, la recherche a besoin de vous.* Tout le monde cherche dans le fond de ses poches pour mettre quelques pièces dans la boîte.

À ma grande surprise, il y a déjà du monde à l'intérieur. Beaucoup de monde, aligné sur des bancs, les uns derrière les autres. Khali Rachid essaie de placer les collègues de Fayçal et ma tante Fatiha vient nous voir :

– Les jeunes, vous restez debout, contre le mur à droite. Nous, on va se mettre sur les chaises du fond. Y a plus de places du tout, c'est quoi ce délire ? C'est pas comme si on était arrivés en retard !

Je reste avec Ibti et ses sœurs. L'une d'elles, Soukaina, dit fièrement :

– J'ai préparé une playlist en pensant à ce qu'aimait Fayçal, j'ai mis Marcel Khalifé, Oum Kalthoum, Rachid Taha… Je l'ai envoyée hier à Chantal et Mehdi, ils ont adoré. J'espère qu'ils l'ont bien donnée au gars, là.

Elle fait un signe de tête en direction d'un jeune homme en costume et cravate noirs.

– Ben oui, mais… ils devraient être au premier rang. Ils sont où ? demande Ibtissam.

Aucun d'entre nous n'a jamais assisté à une cérémonie d'incinération. On ne sait pas du tout comment c'est censé se passer. Youcer, un de mes cousins, dit en rigolant :

– Ils vont peut-être arriver par la porte de derrière au dernier moment ? L'entrée des stars, quoi…

– Tu crois ? C'est pas une fête, quand même, *khouya*[28], lui répond Jalil.

– Ou alors par l'entrée principale, main dans la main, comme dans les mariages, mais avec une musique mortuaire, dit Yasmine.

En imaginant la scène, je ne peux pas me retenir de rire. Des personnes nous regardent d'un air réprobateur, et on reprend vite nos mines tristes.

Khali Rachid, très ému, s'est glissé au deuxième rang. Il tient une feuille pliée en quatre, sûrement son discours, qu'il tapote nerveusement sur sa cuisse. Il a glissé un Kleenex dans sa manche. Il se tourne vers ses filles et leur fait un petit signe. Bim, aussitôt, elles se mettent à pleurer. Je cherche ma mère du regard. Je l'aperçois au milieu de ses frères et sœurs, tous et toutes en larmes. C'est comme un signal pour moi : l'autorisation de pleurer aussi.

Le cercueil arrive sur une musique de Céline Dion, et c'est la fin de tout ! On lâche les vannes de larmes, on hoquette, on se mouche, on se passe les paquets de mouchoirs, on s'essuie les yeux.

Soukaina chuchote :

---

28. « Frère » en arabe.

– Ils ont pas mis ma playlist, c'est trop zarbi. Ça devait démarrer par *Wa ana amshi*[29] de Marcel Khalifé. Céline Dion, meuf? C'est trop chelou.

Khali Rachid baisse pudiquement les yeux quand le cercueil passe devant lui. Comme ça doit être dur de ne pas avoir ses parents à son enterrement! Bon, OK, Fayçal n'est pas là pour le voir, mais quand même, pour sa femme, son fils… D'ailleurs, on continue de scruter l'entrée principale, ils vont bien finir par arriver, c'est sûr. Il doit y avoir un petit rituel, pour que tout le monde les voie. C'est sans doute fait exprès : ils arrivent en dernier pour être touchés par le nombre de personnes présentes dans la salle. Là, ils vont pas être déçus : la salle est pleine à craquer.

Céline Dion continue à chanter :

Encore un soir
Encore une heure
Encore une larme de bonheur
Une faveur, comme une fleur
Un souffle, une erreur…

Un gars arrive, sûrement le maître de cérémonie, en apportant une grande photo. Il ajuste le cadre et le positionne au-dessus du cercueil pour que tout le monde puisse le voir. En regardant la photo, je me rends compte

29. « Je marche » en arabe. Poème de Samih al-Qâsim, chanté et mis en musique par Marcel Khalifé.

que je n'ai effectivement aucun souvenir de Fayçal. Je dis à Ibti :

– Il ressemble un peu à un chasseur, non ?

Je dois avoir été marquée par notre sortie pour aller écouter le brame du cerf. Sur la photo, Fayçal porte une casquette kaki, des lunettes un peu trop grandes, une veste militaire, et il arbore un franc sourire. On dirait presque un des camouflés !

– Oui, me dit-elle dans un sanglot étouffé. Cette photo ne le met pas vraiment en valeur. On le reconnaît à peine…

Khali Rachid se lève d'un bond et se dirige vers l'entrée. Je le vois lire un document fixé sur la porte et discuter avec un gars qu'avec mes cousines, on a surnommé le « vigile des morts ». Puis, avec un regard que je n'oublierai jamais, il se met à hurler :

– C'est pas lui ! Sortez ! C'est pas lui !

On dirait qu'il a parlé dans un mégaphone tellement sa voix a porté. Soudain, c'est comme si la salle prenait feu. Faut qu'on se tire de là au plus vite !

16. Wa ana amshi

Ma mère, mes oncles et tantes réagissent en premier, ils se précipitent vers la sortie en faisant des grands signes et en criant : « *Yallah, yallah!* » Khali Rachid se dirige vers les collègues de Fayçal, installés au milieu de la salle, mais il continue à regarder fixement la photo du chasseur :

– Mesdames, messieurs, on y va, on s'est trompés, c'est pas lui, c'est pas lui!

Tout en s'agitant, il continue de pleurer. Oui, quand le robinet est ouvert, c'est difficile de le refermer.

Parmi les jeunes, la première à réagir, c'est Ibtissam :

– À trois, on court!

Quoi? Mais qu'est-ce qu'elle raconte? On ne va pas se mettre à courir comme des voleurs! Eh bien… si! En pleurant, en essuyant nos larmes et en ne comprenant pas bien ce qui est en train de se passer. On sait juste qu'il vaut mieux déguerpir au plus vite, sans regarder personne. J'ai quand même le temps de jeter un coup d'œil pour apercevoir plein de regards interloqués fixés sur nous.

« Non, non, ne les regarde pas! Suis tes cousines! »

Khali Rachid, lui, extirpe les collègues de Fayçal les uns après les autres, sans se soucier de rien d'autre que de la mission qu'il s'est donnée : l'évacuation.

– Cours, Nana, cours ! me dit Ibti en me tirant par le bras.

On se colle les uns aux autres, en file indienne, Soukaina est juste derrière moi. Dans un réflexe pour accélérer le mouvement, elle me pousse et appuie fort sur mon sac à dos. J'entends alors — et j'espère que je suis la seule — : *Kirikou n'est pas grand, mais il est vaillant…*

Encore quelques mètres à parcourir, avec la vue brouillée, sur la musique de Kirikou qui se mêle maintenant à celle de Céline Dion, à l'apogée de sa performance vocale :

C'est pas grand-chose
Rien qu'une pause
Que le temps, les horloges se reposent
Et caresser, juste un baiser
Un baiser…

Quelques très longs petits mètres, et nous y sommes !

Khali Rachid nous dévisage pour s'assurer que nous sommes tous là, puis il désigne un immense arbre très touffu :

– Allez vous mettre là-bas, je reviens.

Il referme la porte et je l'entends s'embrouiller avec le « vigile des morts », qui est tout aussi énervé :

– Non, je vous dis : c'était prévu à quatorze heures quinze ! J'suis pas idiot !

Et il a raison, khali Rachid, c'était le bon horaire. Du moins, c'était l'horaire prévu.

– L'horaire a changé hier, la cérémonie a été décalée de trente minutes. Fallait vous renseigner auprès de la famille ! Ça arrive souvent, ce genre de chose ! Et puis le nom du mort est indiqué là et là ! rétorque l'autre en pointant du doigt la feuille à l'entrée.

– Ça arrive souvent ? Vous vous fichez de moi !

Tata Souad intervient :

– Allez, viens, Rachid, laisse tomber. C'est pas le moment de t'énerver, *yallah*, *yallah*, on y va...

– Au moins, on est tous sortis, maintenant, dit ma mère sur un ton apaisant.

– Non, y a encore une prof à l'intérieur, répond Rachid, qui n'arrive toujours pas à se calmer.

– Elle osait peut-être pas sortir ? *Yallah*, elle fera deux cérémonies pour le prix d'une ! poursuit ma mère en commençant à rire.

– Vous ne comptez quand même pas y retourner ?! s'exclame le « vigile des morts ». Vous n'aviez pas remarqué que vous ne connaissiez pas les gens à l'intérieur ? C'est hallucinant ! On est bons pour recevoir une plainte de la famille, nous ! Et puis merci pour la discrétion ! Vous bossez au GIGN, ou quoi ? Et les jeunes, là, qui se sont mis à courir ! J'ai jamais vu ça !

– Oui, oui, bon…, bredouille mon oncle, un peu gêné quand même.

Cette fois, c'est khali Magyd qui le prend délicatement mais fermement par le bras pour l'amener vers nous, planqués derrière l'arbre.

On s'est installés dans l'herbe avec toute la famille Hajjaj, les collègues sont sur le parking. À peine sortis de la salle, le temps de ravaler nos larmes, Youcer s'est exclamé :

– Sa mère, il est fou, khali ! Pourquoi il a crié comme ça ? La honte, on s'est trompés de mort !

Impossible de nous arrêter de rire.

Moi, je trifouille dans mon sac à dos pour faire taire ma poupée, j'ose à peine la sortir.

– Tu fais quoi, Nana, avec ton Kirikou qui chante ? m'interroge Ibti.

– C'est Fayçal qui me l'a offert à ma naissance, je voulais l'avoir avec moi pendant la cérémonie. Je peux te dire que je vais lui enlever les piles direct !

– T'inquiète, avec Céline Dion qui hurlait, personne l'a entendu !

Khali Rachid commence à se détendre un peu :

– Je ne sais pas ce qui m'a pris. J'ai vu la photo du type, et j'ai compris d'un coup. J'étais comme possédé…

Un de mes cousins ajoute :

– La famille du type qui est mort, quand ils nous ont vus arriver, ils ont dû se dire : « Bizarre, y a plein d'Arabes. Il avait une double vie, ou quoi ? »

Ça relance notre fou rire.

– Imagine la tête de sa femme et de ses enfants quand on s'est tous mis à pleurer comme des Madeleine ! Ils ont dû se demander qui on était !

– Encore un soir, encore une heure, encore une laaarme de bonheur ! renchérissent ma mère et sa sœur.

– C'est à quelle heure, du coup ? demande la mère d'Ibti.

– Juste après, normalement. J'espère qu'il vous reste des larmes, avec tout ce que vous avez donné ! dit khali Salah avec un rire moqueur.

– Moi, j'arriverai plus à pleurer, répond Yasmine, on aurait dû prendre des oignons.

Des voitures se garent alors sur le parking, et Chantal et Mehdi en descendent avec des mines si tristes que plus personne n'a envie de rire. On a tous le cœur serré. La sœur de Fayçal est là aussi.

C'est vrai que c'est un BG, le Mehdi. Je trouve qu'Ibti a de la chance d'avoir quelqu'un à qui penser le soir. Évidemment, lui n'est pas au courant et, au grand désespoir de ma cousine, il la prend encore pour une gamine. « Mais il faut être patiente, dans la vie, Nana ! » Elle est convaincue qu'un jour, il la regardera autrement.

Mes oncles et tantes étreignent Chantal et Mehdi. Ils leur prennent le visage entre les mains, en hochant la tête et en leur parlant doucement, en laissant couler leurs larmes aussi — pas besoin d'oignons, finalement. C'est triste. Surtout quand khali Rachid prend Mehdi dans ses bras. Ils enfouissent chacun leur tête dans l'épaule de l'autre, et s'abandonnent totalement à leur chagrin. Ibtissam et ses sœurs ont rouvert le robinet des larmes. Moi aussi, d'ailleurs.

Quand la précédente cérémonie se termine, on se met un peu sur le côté, surtout khali Rachid : il n'a pas trop envie de croiser la famille, et je le comprends ! La prof qui était restée à l'intérieur nous rejoint avec une mine un peu renfrognée. Je ne la reconnais pas immédiatement, mais plus elle s'approche, plus son visage me dit quelque chose. C'est elle ? Oh non ! Mme Alain ! Ma prof de français ! Je n'avais pas vu qu'elle faisait partie des collègues de Fayçal !

J'essaie de me cacher derrière Ibti. Loupé ! Elle m'aperçoit et se dirige droit vers moi, d'un pas assuré, le sourire aux lèvres, reprenant un peu de contenance :

– Bonjour, Hana. Qu'est-ce que tu fais ici ?

– Bonjour, je suis venue pour Fayçal, c'était un ami de ma maman.

– Ah, d'accord. Moi aussi, je suis là pour lui. Enfin… j'ai assisté à une autre cérémonie…

Elle lève les yeux au ciel. Je me demande si elle sait que je fais partie de ceux qui ont couru.

– C'était un de mes collègues dans un autre collège d'Angers. Un prof remarquable.

Ça me fait toujours bizarre de croiser des profs en dehors du collège. Je me dis que si Mme Alain s'entendait bien avec Fayçal, elle doit avoir de bons côtés. Et je me rappelle la discussion au sujet de *L'Arabe du futur*.

Les cousins n'ont pas pu s'en empêcher : ils racontent à Chantal et Mehdi ce qui s'est passé avant qu'ils arrivent. Chantal rit et pleure à la fois, ponctuant leurs phrases de : « Rhooo, c'est pas vrai ! » Mehdi non plus n'en revient pas. Finalement, Chantal conclut :

– Vous voulez que je vous dise ? Je suis sûre que c'est un coup de mon Fayçal. La semaine dernière, il m'a dit : « *Habiba*[30], je ne veux pas que vous pleuriez à mon enterrement. Je n'ai pas envie de vous laisser tristes. N'ayez pas de chagrin. Essayez de rire. Faites la fête pour moi, s'il vous plaît, invitez les copains, la famille Hajjaj, les collègues, et ma famille si elle veut bien. Faites la fête et je serai avec vous. »

Elle prend Mehdi dans ses bras :

– Voilà ce qu'il a dit, ton papa.

Je me dis que ça avait l'air d'être un mari et un père chouette, et que j'aurais bien aimé le connaître. Et je me jure de garder la poupée Kirikou toute ma vie.

Nous nous retrouvons de nouveau dans la salle, le cercueil arrive, le maître de cérémonie pose la photo de Fayçal — la vraie, cette fois-ci. Il est beau, très beau même. Mehdi lui ressemble. Et la musique démarre : *Wa ana amshi*…

---

30. « Ma chérie » en arabe.

17. Hicham

Florence avait raison : la sortie à Chambord nous a (presque) tous rapprochés. Par exemple, quand on a parlé de *L'Arabe du futur*, Malik a évoqué son frère alors que j'avais toujours cru qu'il était fils unique. J'ai interrogé Nawel à ce sujet parce que Nawel, c'est un peu notre « Radio Hirondelles ». Et elle m'a raconté une histoire que peu de gens connaissent au collège — pas même Ethan, qui est quand même le meilleur copain de Malik. Du moins, ils forment un bon duo de comiques, tous les deux…

Bref, Malik a un grand frère qu'il n'a pas revu depuis cinq ans. Hicham. Son seul frère.

En licence de droit à l'université de Nantes, Hicham était un garçon sans histoires. Pas le genre de caïd qu'on pourrait s'imaginer quand on connaît la suite. Il avait une petite amie — « une fiancée », a même dit Nawel —, Frieda, dont les parents habitaient encore dans le quartier des Hirondelles. Son grand amour depuis les années collège. Les parents d'Hicham l'avaient rapidement adoptée dans la famille. Malik aussi. Les amoureux l'emmenaient avec eux en week-end à Paris, ou juste faire du shopping ou boire un verre en ville. Elle était devenue une grande sœur pour lui. Et Hicham était son modèle. Celui à qui tout réussissait.

Frieda vivait à Angers, où elle poursuivait des études de commerce. Les amoureux se retrouvaient tous les week-ends, souvent chez les parents d'Hicham, et leur relation faisait grand bruit dans le quartier. Car Frieda était d'origine allemande, blonde comme les blés. Hicham assumait : on pouvait jaser, le pointer du doigt, dire de lui qu'il était un mécréant. Un traître, même. Il se fichait de l'opinion des autres.

Ses parents n'étaient pas pratiquants, mais ils avaient éduqué leurs fils dans le respect de leur culture d'origine. Ils avaient fait en sorte de la leur transmettre au quotidien, par la cuisine, la musique… Tous les ans, ils allaient au bled. Au Maroc. C'était leur respiration. Ils y retrouvaient une grande partie de leur famille, restée là-bas, au pays.

Après de son bac, Hicham s'est mis à faire des allers-retours tout seul, pour apprendre l'arabe. C'était devenu une obsession. Pour ses parents, c'était normal : rechercher ses racines, apprendre la langue de son pays d'origine, quoi de plus naturel ? Une quête identitaire, quoi. Ils l'y ont encouragé. De la même manière qu'ils avaient accepté sa relation avec Frieda, alors qu'elle sortait du carcan habituel dans le quartier, celui qui veut qu'on se marie avec quelqu'un de la même origine ou de la même religion que soi, ils ont accepté ses va-et-vient entre les deux rives de la Méditerranée. Les parents d'Hicham étaient modernes, le bonheur de leur fils passait avant tout.

Mais il y a cinq ans, un 24 décembre, Hicham n'est pas rentré.

En cette veille de Noël, les parents d'Hicham avaient organisé un dîner en famille. Frieda était là — Hicham ne pouvait donc pas être avec elle. Elle les a d'abord rassurés :

– Il a dû oublier d'acheter un cadeau. Il est tellement tête en l'air ! Il doit être en train de courir dans une galerie marchande pour trouver une surprise de dernière minute !

– Non, non, c'est bizarre, a rétorqué la mère d'Hicham. Quand il est en retard, il prévient. Là, son téléphone ne répond pas, on tombe sur la messagerie direct. C'est pas son habitude…

Ils l'ont attendu toute la soirée. Ils ont d'abord redouté un accident de voiture et contacté tous les hôpitaux de la région. Puis ils ont appelé la police, qui leur a répondu qu'Hicham était majeur et faisait donc ce qu'il voulait. Pour l'instant, ça ne pouvait pas être considéré comme une disparition.

Malik avait huit ans, mais il a tout de suite compris que quelque chose de grave se passait.

Une journée s'est écoulée. Puis deux. Puis trois. La police a fini par prendre au sérieux la disparition d'Hicham. Frieda s'est souvenue de son dernier message avec lui, un SMS reçu la veille de sa disparition :

Pour mes frères et sœurs du Cham.

Ce message ne ressemblait tellement pas à Hicham qu'elle l'avait pris à la légère. Elle avait cru à une erreur. Elle s'était dit qu'ils en reparleraient plus tard. Elle s'était demandé ce que c'était que ce nouveau surnom… Cham ? Mais elle a quand même décidé d'en parler à la police.

Qui l'a aussitôt mise en relation avec la cellule antiterroriste.

« Cham » n'était pas un diminutif d'Hicham. Ça faisait référence au Shâm, le pays du Levant, ou plutôt à la manière dont les islamistes de Daesh voulaient fixer les frontières du califat, un territoire coincé entre l'Irak et la Syrie, et complètement déchiré par la guerre.

Frieda et les parents d'Hicham n'arrivaient pas à y croire. En fouillant sa chambre d'étudiant, ils ont trouvé un tapis de prière et un Coran. Ils se sont dit : « Et alors ? » Après tout, il avait le droit de se convertir. D'ailleurs, ce n'était même pas une vraie conversion puisque, même s'ils n'étaient pas pratiquants eux-mêmes, ils étaient d'origine musulmane.

Puis la cellule antiterroriste a retrouvé la trace d'Hicham. Il était apparu en photo sur les réseaux sociaux depuis le camp de Deir ez-Zor. Méconnaissable. Il avait bien rejoint les combattants de l'État islamique.

Le récit de Nawel m'a fait froid dans le dos.

– En fait, il avait une double vie. Il jouait un personnage avec ses parents, avec sa meuf. Peut-être depuis des années. Ça s'appelle la dissimulation, la *taqîya* en arabe. Tu fais semblant, genre y en a même qui mangent du porc pour faire comme s'ils étaient vraiment pas musulmans. Et, en cachette, il discutait avec des gens sur les réseaux sociaux. Ça faisait des mois qu'il allait plus à la fac, qu'il priait tout le temps. Enfin, prier… Moi, je prie ! Mes parents prient ! Mais ces mecs-là… je sais pas.

– Tu l'as vue, la photo ? Tu peux me la montrer ?

– Non, elle a été retirée d'Internet. Ils veulent pas laisser la propagande de Daesh qui montre ses nouveaux soldats. Mais je l'ai vue, oui, et elle m'a grave choquée : un mec qui faisait flipper, tout maigre, avec une grosse kalach, un genre de turban sur la tête et une grande barbe. Comme dans les films, quoi.

J'avais l'impression d'être dans un film, en effet. Un mauvais film. Ou d'écouter les infos à la télé. J'étais au courant de ce qui se passait, bien sûr, des attentats, tout ça, mes parents m'avaient raconté, expliqué. Mais j'avais l'impression que ça se passait loin de moi. Loin de ma réalité.

18. Elle s'appelle Anna

– T'as pas honte de t'appeler comme ça ? m'interpelle Malik en me bousculant dans le couloir.

– Hein, quoi ?

Je n'ai jamais vu Malik aussi énervé, surtout contre moi. Je ne comprends pas ce qui lui prend.

– T'as pas honte d'avoir le nom d'une grosse pute ?

– Ça va pas, Malik ?!

Ethan s'interpose :

– Laisse-la tranquille ! De quoi tu parles ? Hé, Malik !

– De quoi je parle ? Je parle d'Anna ! Vous avez pas entendu cette pute nous insulter ?

Je suis adossée au mur sous le regard menaçant de Malik, qui n'en finit pas de me pointer du doigt. Mon sac à dos crée une barrière entre le mur et moi, il est hyper lourd et j'aimerais bien m'en délester pour me sentir plus légère. Ethan me protège en mettant son bras en travers, comme s'il anticipait un coup qui pourrait partir à tout moment.

– J'ai insulté qui ? Mais qu'est-ce que tu racontes, Malik ?

– Pas toi ! L'autre grosse pute des réseaux sociaux ! Mais tu t'en fous, toi, Hana, qu'on nous insulte, hein ?

– Arrête, Malik, elle est pas sur les réseaux sociaux, Hana, elle sait même pas de quoi tu parles.

Un attroupement s'est formé autour de nous, ce qui attire l'attention de Mme Lecomte et de Marie-la-Furie, la surveillante.

De base, elle zozote, notre CPE. Mais quand elle s'énerve, elle fait aussi un autre son trop bizarre, un peu comme un cheveu sur la langue.

– Sss'est quoi, ssse bazzzar ?! Allez, allez, on ssse dissspersssse ! Non mais, qu'est-ssse que vous avez de bon matin ? Vous avez manzé du lion ou quoi ? Qui a commensssé ?

Elle analyse rapidement la situation — moi, toujours plaquée contre le mur, avec les filles autour de moi, Ethan toujours le bras à l'horizontale, Malik encerclé par les garçons — et elle en déduit :

– Malik ! Hana ! Dans mon bureau tout de sssuite !

– Mais j'ai rien fait, moi ! C'est lui qui m'a bousculée ! C'est abusé, là !

– Qu'est-ssse qui te prend, Hana, de répondre comme sssa ? Tu me désssois beaucoup ! Ze te croyais plus maligne que sssa !

Pour une fois que je me défends, c'est tout ce qu'elle trouve à me dire : « Ze te croyais plus maligne que sssa » ? C'est vraiment pas juste !

Marie attrape Malik. Elle doit faire du jiu-jitsu, parce qu'elle le chope si vite qu'il n'a pas le temps de réagir.

Nous voilà assis sur des chaises côte à côte dans le bureau de Mme Lecomte, qui parle toute seule, s'énerve à voix haute, tout en faisant mille choses à la fois : fermer la porte, ouvrir la fenêtre, brasser deux ou trois documents, répondre au téléphone et raccrocher aussitôt, se servir une tisane, prendre un stylo… Et enfin, silence. Ça signe le début de l'entretien, comme si elle avait eu besoin de faire revenir son calme intérieur pour retrouver ses mots. Sauf que son regard ne laisse rien présager de bon. Elle nous dévisage à tour de rôle.

– Alors ?

On échange un coup d'œil avec Malik. Re-silence.

– Alors ? Ze vous écoute ! On est lundi, il est huit heures et vous êtes dézà dans mon bureau ! Alors ze veux comprendre pourquoi vous mettez la pagaille ! Et fissa, on va pas passer la zournée à se regarder en sssiens de faïenssse !

Je me lance :

– Il m'a traitée de pute.

– Je t'ai pas traitée de pute.

– Si, tu m'as traitée de pute.

– J'ai traité Anna de pute.

– Euh, attendez, ze ne comprends pas bien : tu l'as traitée de *mmh* ou tu ne l'as pas traitée de *mmh* ? Parssse que, sssi sss'est oui, sssa va mal ssse passser !

– J'ai traité l'autre Anna de pute, pas Hana. J'ai… dégoupillé, t'as capté ? Dégoupillé. Je t'ai vue et j'ai pensé à la vidéo sur les réseaux sociaux.

– De quelle vidéo tu parles, Malik ?

– Sérieux ? Vous vivez sur une autre planète ? OK, Hana, t'as pas les réseaux sociaux, mais ils en ont même parlé à la télé !

– J'étais pas là ce week-end, j'étais à un enterrement… enfin, en quelque sorte. Bref ! C'est pas une raison pour me bousculer, me faire flipper et me traiter de pute !

Je prends un malin plaisir à répéter ce mot.

– Hana, ze crois qu'on a compris, là, tu vas arrêter de dire ssse gros mot.

– Désolé, j'ai pété un câble, dit Malik. La meuf, là, sur les réseaux, elle a insulté les Rebeus, elle a insulté l'islam… et nous, faudrait qu'on se taise ? Faudrait qu'on encaisse ? Ça, en plus du reste ? Comme si on s'en prenait pas suffisamment dans la gueule comme ça ?

Mme Lecomte le regarde, les sourcils froncés. Je crois qu'elle vient de saisir le nœud du problème. Moi, pas vraiment. J'ai juste compris que mon prénom, aussi universel soit-il, aussi passe-partout soit-il, est mêlé à une histoire qui ne va pas me plaire, mais alors pas du tout ! Seulement, je ne comprends pas pourquoi une fille qui a insulté les Rebeus sur les réseaux est passée à la télé.

– Malik, Malik, on ssse calme. En quoi te sssens-tu persssonnellement attaqué ?

– Bah, c'est clair, non ? Elle a dit que les Rebeus étaient cons et moches. Et moi, j'suis pas con et j'suis pas moche.

– Mais… elle n'a pas dit : « Malik, t'es mossse », que ze sassse…

– Arrêtez de faire semblant de pas comprendre et de me retourner le cerveau. Elle a dit : les Rebeus et les musulmans sont cons et moches. Moi, je suis rebeu et musulman, donc pour elle, je suis con et moche.

– Tu maîtrises bien les figures de ssstyle, en tout cas.

– Les quoi ?

Malik se tourne vers moi et me prend à partie :

– Elle se fout de ma gueule, là ?

Je sens que le ton est de nouveau en train de monter, alors je baisse la tête et je regarde mes baskets, sans répondre à Malik. Mme Lecomte n'a pas le temps de réagir que Marie-la-Furie entre dans la salle et s'approche de nous, l'air menaçante. Même pas elle frappe à la porte ! C'est la garde du corps de Mme Lecomte, en fait ? La surveillante préposée aux altercations ? Elle doit bien aimer voir quand on se fait passer un savon… Si ça avait été Enzo, je suis sûre qu'il aurait frappé avant d'entrer et qu'il nous aurait lancé un clin d'œil, avec un regard chaleureux.

– Tu viens de faire un syllozisme, Malik, poursuit Mme Lecomte.

– Un syllozisme ?

– Un syllogisme, le reprend Marie-la-Furie, en lui envoyant une petite chiquenaude sur le crâne.

Folle. Elle est complètement folle.

– Moi, z'ai les ssseveux sssâtains, ze ne me sssens pas visée sssaque fois qu'on dit qu'un sssâtain est mossse ! Tout le monde a le droit de dire ce qu'il penssse ! Moi, ze m'en fissse !

– Alors, vous la défendez, c'est ça ? Quand on est châtain, c'est facile ! Mais insulter une religion, ça, ça se fait pas ! Vous comprenez vraiment rien !

– Malik, z'essaie de comprendre ssse que tu dis, de t'écouter et…

Je me demande vraiment ce que je fais là.

– Ze peux partir, moi ? Ze vais pas être collée, madame Lecomte ?

Oh non, non, non ! Je me suis mise à zozoter par mimétisme ! Je savais qu'un jour ça allait m'arriver. Je le savais !

Parfois, avec Manon et Nawel, on imite Mme Lecomte, mais la plus forte, c'est Zoulikhan. Au zozotement, elle ajoute les mimiques, la posture, la démarche. Un jour, elle a poussé le bouchon super loin, car elle est arrivée au collège habillée comme la CPE, avec une jupe mi-mollet, un peu évasée genre chelou, et une chemise blanche aux manches bouffantes. Rien qu'avec ce déguisement, on était morts de rire. Dans la classe, comme le prof n'était pas encore arrivé, elle s'est mise devant tout le monde et a commencé son show :

– Bonzour les dzeun's ! Ze m'appelle Térébenthine Lecomte ! Ze vous asssure, mes parents sssont des guedins : ils m'ont donné un prénom zénial ! Térébenthine :

ze sssuis une résine de pin et ze sssers à fabriquer de l'esssensse ! L'esssensse de Térébenthine !

On riait tellement qu'on n'a pas entendu M. Rodriguez arriver. Zoulikhan a été collée et a dû adresser ses excuses à Mme Lecomte.

J'ai mis un certain temps, après ça, à avoir l'occasion de vérifier si c'était vrai. Térébenthine Lecomte. Elle s'appelle vraiment comme ça ? Wesh ! La pauvre ! J'ai eu pitié d'elle !

En tout cas, à ce moment-là, dans le bureau de Mme Lecomte, le zozotement est sorti tout seul et je ne peux rien faire pour le rattraper… Malik me regarde, affolé. Ah bah, ça va, il n'a pas complètement perdu la tête ! À mon tour, j'ai droit à ma chiquenaude de Marie-la-Furie, mais la CPE, elle, fait comme si de rien n'était. Je suis sûre qu'elle m'a entendue, pourtant.

– Non, tu ne bouzes pas et tu ne ssseras pas collée. Sss'est important, ssse qu'on est en train de ssse dire. Et sss'est pas une heure de colle qui va résoudre les sssoses… Ze vais organiser un grand débat au collèze, avec votre prof d'histoire. Malik, tu m'aideras à le préparer.

Malik et moi, on doit repasser par la vie scolaire, accompagnés par Marie-la-Furie qui nous fait un mot. Je ne suis pas mécontente d'avoir loupé trente minutes du cours d'anglais. Avant d'arriver en classe, je propose à Malik, qui a encore les yeux rougis :

– Ça te dirait qu'on n'y aille pas du tout ?

– Genre ?

– Genre… on arrive cinq minutes avant que ça sonne ? Loupé pour loupé, on peut sécher un peu, non ?

– Grave. Mais on fait quoi ? On va nous voir. Si Marie nous chope…

– Bah, j'sais pas, on traîne un peu.

On zone donc dans les couloirs du collège pendant dix minutes, sans rien se dire. Et puis on arrive à la planque de Ravzanur, celle sous l'escalier du bâtiment B, où je l'avais découverte en train de lire *Harry Potter*. Tout le monde connaît cet endroit, mais, à part elle, personne ne s'y aventure vraiment. Là, c'est sûr, on ne nous trouvera pas.

Le sol est carrelé et on peut à peine se mettre debout. On tient quand même à deux, mais ça fait qu'on est tout proches l'un de l'autre, Malik et moi. Aucun de nous n'est gêné. C'est la meilleure planque qu'on aurait pu trouver. On voit les gens passer sans qu'ils prêtent attention à ce coin. Pas folle, Ravzanur : elle a trouvé la cachette idéale pour devenir invisible.

D'ailleurs, sous les marches, il y a plein d'inscriptions, signées « R » :

Vivre c'est souffrir, mais il ne faut jamais laisser tomber.

Mais si tu m'apprivoises, nous aurons besoin l'un de l'autre. Tu seras pour moi unique au monde. Je serai pour toi unique au monde.

Puis j'aperçois un drapeau arc-en-ciel, dessiné sous une marche. Celui-là n'est pas signé.

Assis en tailleur, Malik ouvre son cartable et me tend un Granola.

– Merci.

– Non, merci à toi, Hana. J'ai pas été cool tout à l'heure, et là, je vois bien que t'es là, avec moi. T'attends que ma crise passe. Tu fais en sorte qu'on me voie pas pleurer comme une meuf.

– Hééé !

– Désolé, t'as capté, quoi ! C'est une expression. Tu sais, mon frère…

Il se tait et me dévisage. Je hoche la tête, pour qu'il sache que je connais son histoire.

– J'suis sûr qu'il est pas mort. Je me demande s'il nous a oubliés, s'il pense à nous, des fois. J'ai plein de questions dans ma tête, tout le temps, surtout la nuit. Il se passe pas un jour sans que mes parents cherchent sa trace sur Internet. Ils font semblant de chercher autre chose, mais je le sais. Il a gâché notre vie. Je flippe qu'il revienne jamais, et je flippe qu'il revienne pour aller direct à l'*hebs*[31]. Terrorisme, crime contre l'humanité…

31. « Prison » en arabe.

Je flippe d'apprendre un jour qu'il se passe un truc horrible et qu'on voie sa photo apparaître à la télé.

Je laisse passer un silence pour qu'il continue à parler.

– Et puis, je comprends pas. Comment il a pu se faire embobiner comme ça ? Il était pas débile, au contraire ! Il était intelligent, beau, il avait une famille qui l'aimait, une meuf canon !

– Vous la voyez encore, sa meuf ?

– Oui, Frieda. C'est comme une sœur pour moi. C'est une fille solide, tu vois, un roc. Une Allemande. Eux aussi, ils ont été du mauvais côté à un moment donné…

– Dis pas n'importe quoi, elle y est pour rien, elle ! Elle est allemande, mais c'est pas une nazie… Tu vas pas refaire un syllogisme !

Malik rigole enfin :

– Elle m'a tué, Mme Lecomte, tout à l'heure, *wallah* ! Elle est sympa, en vrai, la pauvre. Qu'est-ce qui t'a pris, à toi, de zozoter ?

Nous explosons de rire, quand la sonnerie retentit. On a séché tout le cours d'anglais. Là, je crois qu'on ne va pas échapper à l'heure de colle. Mais c'est pas le plus important. Le plus important, c'est que je comprends mieux Malik, maintenant, ce qu'il cache sous son masque de rigolo de la classe, son besoin de se marrer. Seulement, je ne comprends pas encore complètement ce qui s'est passé ce matin. Parce que je ne comprendrai pas tant que je n'aurai pas vu la vidéo.

Le midi, Manon et Ethan me sautent dessus. Ils étaient morts d'inquiétude pour moi :

– Ça va, Hana ? Qu'est-ce qui lui a pris, à Malik ? Il est devenu complètement taré ! Il est collé ? T'es collée ? Elle a dit quoi, Mme Lecomte ?

Je leur raconte tout et je dis à Ethan :

– Faut que je voie cette vidéo. Passe ton téléphone !

On se réfugie tous les trois dans un petit coin de la cour.

– Mets le son à fond, sinon on va rien entendre ! lui dit Manon.

La fameuse Anna apparaît à l'écran. Elle commence à tenir des propos pas sympas sur les Arabes, sur l'islam. Des propos injurieux, en fait.

– Baisse, Ethan, putain, baisse !

– Bah, eh, les filles, faudrait savoir, je mets à fond ou je baisse ?

– Non, remets, mais baisse un peu quand même !

On écoute une deuxième fois, sourcils froncés, concentrés.

– C'est chaud, quand même ! dit Ethan.

– Grave ! s'exclame Manon.

Les mots d'Anna me paraissent gratuits, méchants. Comment est-ce que Malik a pu m'associer à cette fille ? Puis, tout à coup, je découvre les commentaires sous la vidéo. C'est d'une violence hallucinante. Il y a des menaces de mort, plein de menaces de mort. OK, j'aime pas ce qu'elle dit et elle mâche pas ses mots, mais quoi ? C'est ça, les réseaux sociaux ? Un déballage de tout ce qui nous passe par la tête ? C'est quoi, ce délire ? D'un coup, je suis moins pressée d'être en troisième, et je tremble de la tête aux pieds.

19. Mouette-mouette

Quelques jours avant la rentrée à François-Mitterrand, ma mère m'a dit :

– Tu sais, Hana, tu vas aller dans un collège où beaucoup d'élèves ne mangent pas de porc. Toi, tu en manges. Et, à la cantine, ça étonnera peut-être tes copains et tes copines…

– Ah bon ? j'ai demandé. Et pourquoi ? Chacun mange ce qu'il veut, non ?

– Si, bien sûr, mais c'est compliqué. Parce que, toi, tu es une moit-moit.

– Une mouette-mouette, maman ? je lui ai répondu en riant.

C'est une des expressions fétiches de Yanis et j'adore la reprendre. Il ne l'a jamais utilisée pour nous qualifier, je pense que ça ne lui viendrait même pas à l'esprit. C'est à la pizzéria qu'il dit : « On fait mouette-mouette ? », pour goûter à tout et parce qu'il a trop de mal à faire un choix. J'étais surprise, en fait, que ma mère utilise cette expression pour parler de moi.

– Oui, une mouette-mouette, ma *Hnina*. On voit bien que tu n'es pas tout à fait française… pas tout à fait blanche, si tu veux.

Alors là, je ne comprenais plus rien. Elle qui nous encourageait, en règle générale, à sortir des cases dans lesquelles on nous mettait ! Elle qui tenait de grands discours sur l'inexistence des races ! Elle qui passait son temps à nous dire de ne jamais laisser personne nous définir ! Elle était en train de me dire que j'allais devoir me défendre d'être qui j'étais.

– Écoute, maman, fallait y penser avant. Vous aviez qu'à me mettre à Sainte-Thérèse et le problème aurait été réglé. Là-bas, j'aurais pu manger du jambon comme je voulais, ou tu penses qu'on m'aurait dit aussi : « Tiens, c'est marrant une Arabe qui mange du cochon » ?

– J'essaie de t'expliquer. Je ne m'y prends pas très bien, je sais… J'essaie de t'expliquer qu'on peut te faire une remarque sur le fait que tu n'as pas une tête à manger du cochon et que tu es en quelque sorte…

– En quelque sorte… quoi ? Une traîtresse ?

– Le mot est trop fort. Bref, tu as compris : tout ce que je veux te dire, c'est que tu as le choix.

– Quel choix ? Le choix de ne plus manger de porc ?

– Oui. Au collège. Si ça t'arrange. Pour te fondre dans la masse. Pour ne pas te faire remarquer.

– Bah, moi, j'aime bien le cochon. Et si on m'embête, je saurai me défendre : je dirai qu'on n'est pas musulmans, c'est tout !

En vérité, ma mère ne mange pas de porc, parce qu'elle est habituée depuis qu'elle est petite. Mon père, lui, est fan de boudin noir. Mais on n'en mange jamais à la maison, juste chez papi et mamie, quand maman n'est pas là. On ne s'imagine pas manger un plat dans notre coin tandis qu'elle mangerait autre chose.

– Hana, j'essaie juste de te préparer…

– Oui, ben, t'inquiète, je sais me défendre. Et je suis pas une mouette-mouette. On laisse ça aux pizzas, OK ?

– OK. Mais, tu sais, ce n'est pas mentir, c'est juste camoufler un peu la réalité, pour ne pas s'attirer d'ennuis…

– Je peux te dire, le premier qui m'embête avec ça…

J'ai mis mes mains en revolver.

– *Bim, bim, bim !*

– OK, OK, tu peux ranger ton arme. Vous jouez à trop de jeux vidéo avec ton frère. Ton bagout suffira, je n'en doute pas…

Après qu'on a regardé la vidéo d'Anna, le dernier cours de l'après-midi est SVT, et ça, c'est cool. Parce que c'est avec Florence. J'ai l'impression que les autres élèves ont oublié ce qui s'est passé le matin et qu'ils n'ont même pas remarqué mon absence en anglais. Sauf Nawel, qui passe à côté de moi et tire sur une de mes bouclettes. D'un coup, mes souvenirs de primaire remontent à la surface et ça m'énerve.

– Arrête, ça me soûle trop quand on fait ça ! Après, j'ai des boucles plus longues que d'autres ! Je te fais pas ça, à toi ! Si tu veux me parler, bah, parle !

– Hé ho, ça va ! Je voulais juste savoir si tu t'étais remise de ta prise de tête avec le djihadiste ! répond-elle en rigolant.

J'espère que Malik ne l'a pas entendue. Pas de risque : il s'est installé à l'autre bout de la salle, à côté de Toutenbec, la force tranquille. Lui, il ne va pas lui poser de questions. C'est un joueur défensif, pas un attaquant. Faut pas venir le chercher, c'est tout. Malik a bien choisi sa place pour refaire le calme à l'intérieur de lui. Ça a dû le brasser de me raconter tout ça. Ou le soulager, peut-être. Je repense à ce qu'il m'a dit. Est-ce que son frère est en vie ? Ou est-ce qu'il est mort en *shahid*[32] ? Je pense à la *taqîya* — la dissimulation. Et mes pensées volent vers Zoulikhan, avec ses scarifications. Vers Ravzanur et ses messages écrits sous l'escalier. Je connais le symbole du drapeau arc-en-ciel. Est-ce que Ravzanur est homosexuelle ? Est-ce qu'elle garderait ce secret pour elle ? Ce n'est peut-être pas elle qui a dessiné le drapeau. Mais peut-être que si. Ravzanur, si mal dans sa peau, si isolée, qui veut devenir invisible…

Soudain, Florence m'extirpe de mes pensées :

– Hana, je t'ai posé une question… Tu es avec nous ?

– Ah bah, voilà : Anapaécouté *is back* ! ricane Zinedine.

Et, tout à coup, je ne sais pas ce qui me prend. Possédée, je suis comme possédée. Sûrement les émo-

32. « Martyr » en arabe.

tions accumulées de la journée. La nullité de l'intervention de Zinedine. La détestation de mon prénom aujourd'hui. Nawel qui m'a tiré les cheveux. La chiquenaude de Marie. Les confidences de Malik. Les secrets de Zoulikhan, de Ravzanur… C'est trop pour moi.

– Putain, mais boucle-la, toi ! je hurle en me levant pour lui faire face. On dirait que t'as cinq ans ! Trouve autre chose que ton « Anapaécouté » ! Lâche-moi ! Putain, ferme ta grande bouche qui pue !

Il n'en faut pas plus pour faire réagir les autres. Zoulikhan crie : « Hana, présidente ! », Ethan lâche : « Waouh, t'en as dans le ventre, en vrai ! », Nawel dit : « Ouais, bravo, meuf ! », Ravzanur a un petit sourire — un petit miracle —, Falila n'ose pas dire grand-chose mais je lis de l'admiration dans son regard, Toutenbec hoche la tête en guise d'approbation, Malik me dévisage, inquiet.

– Euh… Hana ? marmonne Florence, interloquée. Je ne te reconnais pas, là. Assieds-toi, calme-toi ! Tu viens d'insulter ton camarade devant toute la classe.

– Je l'ai insulté ? Mais lui, il me lâche pas depuis trois ans ! Je lui ai fait quoi, moi ? J'en ai marre ! J'en ai marre !

– Écoute, je comprends bien, mais tu vas tout de même t'excuser auprès de Zinedine. Sinon, tu files à la vie scolaire. Je l'ai déjà dit plusieurs fois : ici, dans ma classe, on se respecte. Je ne tolère pas les insultes et les grossièretés.

– Ça va, ça va, elle a pas besoin de s'excuser, lance Zinedine d'un air victorieux. Si elle s'excuse, je vais être la victime et je suis pas une victime, moi. Laissez-la faire sa petite colère, Anapacontente, c'est tout, elle doit pas être dans sa bonne semaine, les ragnagnas et tout... Déjà ce matin, elle s'est vénère dans le couloir... Retire juste la « bouche qui pue », parce que la mienne, au moins, elle sent pas le jambon.

Je lui lance mon regard le plus furieux qui soit, prête à bondir de nouveau sur lui pour l'assaillir de paroles encore plus odieuses. Manon me prend par le bras :

– Laisse tomber ! Tu l'as fait, tu lui as niqué la gueule. Dis plus rien. Il te cherche, là.

J'ai envie de la serrer très fort dans mes bras, de lui prendre la main et qu'on se barre en courant du collège.

Pour essayer de faire retomber la tempête, Florence revient à sa question de départ :

– Donc, Hana, je t'interrogeais sur la production d'ovules. Sais-tu à quel moment s'arrête la production d'ovules ?

– Non, je ne sais pas... à quarante ans ? Je peux répondre sur le jambon, Florence ?

– La discussion est close, j'ai dit, on passe à autre chose ! Je veux vous voir tous les deux à la fin du cours. Donc... quarante ans, tu penses ? Mon âge ? C'est jeune, quarante ans, quand même...

– Ben non, c'est vieux ! dit Zoulikhan. Quarante ans, c'est vieux, Florence !

– T'as presque le Zeimer, renchérit Nawel.

– Non, quarante ans, c'est très jeune. Cela dit, il y a bien des femmes qui ne produisent plus d'ovules à quarante ans, mais ce n'est pas la moyenne.

– Ah.

Je ne trouve rien d'autre à répondre. Je suis en train de vivre une déflagration à l'intérieur de moi-même, et il faudrait que je réponde à une question de la prof ? Sur les ovules, en plus ? Oubliez-moi deux secondes, laissez-moi faire revenir le calme dans ma tête !

– Alors ? Les autres ? Est-ce que quelqu'un est là aujourd'hui ?

Silence. Un silence presque solidaire. Je n'avais encore jamais vécu ça.

– Bon, je vois…, soupire Florence. En fait, dans ma question, il y avait un piège : je n'attendais pas forcément un âge, mais plutôt une période. La bonne réponse, c'est la ménopause. C'est l'inverse de la puberté, qui signe pour les jeunes filles le début de la production d'ovules. Pour ça non plus, il n'y a pas d'âge. Cela dit, ça arrive à l'adolescence, vous êtes en plein dedans.

J'espère qu'elle ne va pas se mettre à parler des ragnagnas comme Zinedine. Ce serait le pompon. Elle est longue, cette journée ! Rien qu'à l'idée de me retrouver encore convoquée, avec Florence et Zinedine cette fois, j'en ai des palpitations. Il ne le sait pas encore, mais c'est aujourd'hui que je vais me le faire, je vais le manger tout cru, cet imbécile. Quelque chose s'est passé. Je ne suis plus la même que ce matin.

Avant de quitter la salle, Malik me lance un regard désabusé, comme s'il se sentait coupable de ce qui m'arrive. Comme s'il s'en voulait de m'avoir mis les nerfs à vif et les émotions à rude épreuve.

– Qu'est-ce qu'il y a, vous deux ? nous interroge Florence.

– Quoi ? Y a rien ! Elle s'énerve toute seule, là, j'ai rien fait, moi.

– Je peux répondre sur le jambon, Florence ?

– Tu es encore là-dessus, Hana ?

– Bah quoi, tu manges du jambon ou tu manges pas de jambon ?

– Je mange du jambon si je veux, de quoi je me mêle ?

– Avant de parler de jambon, je voudrais que tu t'excuses auprès de Zinedine, Hana. Là, je suis témoin, il ne t'avait pas dit grand-chose. Il a juste fait un mauvais jeu de mots qui, visiblement, ne t'a pas rendue indifférente, et qui…

– Non ! Non ! Je ne veux pas m'excuser ! Je te l'ai dit, depuis le premier jour au collège, je l'ai sur le dos ! Tu te rends pas compte de ce que ça fait. Il me soûle !

– Ah, parce qu'en plus de manger du jambon, tu bois de l'alcool ?

– Mais Florence, tu vois, il me nargue, là !

– Bon, Zinedine, c'est quoi, le problème ?

– Ben, y a pas de problème, en vrai. C'est juste qu'elle dit qu'elle est rebeuse quand ça l'arrange et elle bouffe du cochon à la cantine.

En vérité, Zinedine ne peut pas savoir si je mange ou non du porc à la cantine. Il n'est pas demi-pensionnaire. Mais soudain, je comprends : pendant la sortie pour aller écouter le brame du cerf, tout le monde a mangé des Dragibus, et pas grand monde des Carambar. Je le sais, en plus : dans les Carambar, il y a de la gélatine de porc. Et, comme à ce moment-là, j'entends Zinedine qui marmonne, assez bas pour que je sois la seule à l'entendre :

– Hana Babtou…

Il a le même regard que celui qu'il m'a lancé dans le bus. Un regard qui dit que je ne suis pas une vraie Rebeuse.

– Bah oui, je suis rebeuse ! Si je dis que je suis rebeuse, je suis rebeuse ! Mais je suis pas musulmane. Tu vois la différence entre les Arabes et les musulmans ? Débile, va !

– Hana !

– Pardon, je voulais pas dire ça. Mais je… je suis fatiguée, je veux plus parler.

Je sens les larmes monter. Je ne suis peut-être pas la guerrière que j'ai décrite à ma mère il y a trois ans.

Florence nous observe à tour de rôle et, sur un ton ferme que je ne lui connaissais pas, elle nous dit :

– On va laisser passer un peu de temps pour que vous fassiez retomber la tension. Zinedine, je t'interdis de faire la moindre remarque à Hana sur le fait qu'elle mange du porc ou pas, tu lui fous la paix. Et tu arrêtes avec tes blagues à deux balles. Hana, je veux que tu réfléchisses à notre discussion d'aujourd'hui. Même si je comprends ton agacement, tu es allée trop loin dans tes propos. Si ça recommence, je vous enverrai direct chez le principal. Tu y étais déjà ce matin, Hana, ça fait beaucoup pour une même journée, non ?

– Mme Lecomte, je lui dis, pour minimiser les faits. J'étais chez Mme Lecomte, ce matin.

Et la sonnerie retentit. *Driiiing, driiiiing!* La sonnerie la plus stridente qui soit. Bizarrement, j'ai pas envie de rentrer chez moi. Pas envie de voir mes parents et de leur raconter ce qui s'est passé aujourd'hui.

Comme s'ils lisaient dans mes pensées, Ethan et Manon m'attendent à la sortie pour me proposer :

– Si on allait faire un tour à la supérette et acheter des trucs ?

– Bah, et la navette ?

– On s'en fout de la navette ! répond Ethan. T'as besoin de prendre l'air, non ? Allez, j'envoie un SMS à vos parents pour les prévenir qu'on rentrera en bus.

– Top ! En plus, j'ai eu mon argent de poche, ajoute Manon. On va pouvoir faire le plein de chocolat !

Nous voilà partis vers la rue Nelson-Mandela. Je ne me remets toujours pas du fait que la supérette ait eu droit à une telle adresse plutôt que notre collège. Sur le chemin, je demande, l'air de rien, à Ethan :

– Tu voulais pas rester un peu avec Malik ce soir ?

– Il m'a pas parlé depuis ce matin. Ça doit l'avoir secoué, cette histoire. Forcément, ça lui fait penser à son frère.

– T'es au courant pour Hicham ?

– Vite fait. J'ai rien dit à mes parents : tu penses bien, comme c'est mon meilleur pote, ils risquent de croire que je traîne avec un terroriste.

– Pourquoi ? Qu'est-ce qu'il a, son frère ? demande Manon.

– Il est parti rejoindre Daesh.

– Daesh ? C'est chaud ! Je comprends mieux le côté super violent de Malik ce matin.

– Pourquoi tu dis ça ? je lui rétorque. C'est son frère qui est parti rejoindre Daesh, pas lui !

Marre des amalgames. Ou des « syllozismes », comme dirait Mme Lecomte. J'ai surtout envie qu'on parle d'autre chose.

Manon nous offre une super tablette de chocolat aux amandes caramélisées avec une pointe de sel. C'est dans ces moments-là que je vois qu'elle est vraiment ma meilleure copine parce que, dans le rayon, elle m'a dit : « Choisis, fais-toi plaize ! C'est ma tournée ! » Son choix à elle se serait porté, sans aucun doute, sur un chocolat bio à 70 % de cacao, mais elle m'a laissée décider, en vérifiant juste qu'il y avait la mention « sans huile de palme ». Ethan nous a attendues dehors, comme si ça lui foutait la honte de nous accompagner, comme s'il sortait ses petites sœurs. Mais je m'en fiche. Il est là à sa manière. Ce matin, il n'a pas hésité à s'interposer. À me protéger. Même si, parfois, il fait son kéké — expression de boomers empruntée à mes parents —, je sais que je pourrai toujours compter sur lui. Il n'y avait que nous trois à l'arrêt de la navette de Saint-Vincent-sur-Loire le premier jour du reste de notre vie, eh bien, nous trois, ce sera pour la life entière.

– Allez, faut aller prendre le bus, sinon on va être super à la bourre, vos daronnes vont appeler la mienne, et après c'est sur moi que ça va retomber…

Saint-Vincent est à cinq minutes en navette, mais, quand on prend le bus, il y a trois correspondances et ça prend quarante-cinq minutes ! On a la flemme, comme dirait Yanis, alors Manon décide d'appeler sa mère pour lui dire qu'on a raté le bus et lui demander de venir nous chercher.

– Quoi ? Mais, déjà, pourquoi vous n'avez pas pris la navette ? On va nous la supprimer si vous ne la prenez pas ! Je ne vais pas passer mon temps à faire des allers-retours, moi ! Ah, ce n'est pas de votre faute ? Vous avez fini plus tard que prévu ? J'appellerai le collège demain, ça commence à me chauffer qu'ils changent les emplois du temps sans arrêt, sans prendre en compte les enfants de Saint-Vincent… Bon, vous êtes où ? J'arrive…

J'ai trop envie de rigoler. Ma mère aurait pu tenir ce discours mot pour mot. Toutes les mêmes ! Elles disent qu'on est grandes, qu'on est responsables maintenant, mais à la moindre escapade — juste pour aller manger un petit morceau de chocolat —, c'est la panique à bord.

En attendant notre taxi, on s'installe sur un banc au centre de la place, près des jets d'eau. C'est parfait, comme emplacement. Il y a des gamins qui courent partout autour de nous. Le bruit de la fontaine. De là, j'aperçois un immeuble qui m'est familier, celui de ma grand-mère, qui veille sans doute au grain, même si elle a le Zeimer.

– Vous voyez la fenêtre, là ? Au quatrième étage, avec les rideaux roses ? C'est là qu'habite ma grand-mère.

– Ah ouais ? me dit Ethan. Je savais pas que t'étais une hirondelle.

– Pas vraiment. C'est ma mère qui est une hirondelle. Moi, je suis une mouette-mouette, je réponds, en éclatant de rire.

Mais aucun des deux ne comprend ma blague.

20. Héron cendré

Quand je rentre à la maison, une surprise de taille m'attend : Ibtissam et Soukaina, mes cousines, sont là, avec khali Rachid. Après une journée comme celle-là, je me fais une joie de passer à autre chose et d'envisager cette soirée sans avoir à raconter les péripéties du collège. Pour une fois qu'ils passent à l'improviste, je m'en veux presque de cette escapade chocolat aux Hirondelles. Je n'ai pas revu Ibti depuis les funérailles inoubliables de Fayçal…

Elle se jette dans mes bras et s'exclame :

– #JeSuisAnna ! T'as vu le gros bordel ? Ça te soûle pas, de porter le même prénom que cette meuf, là, qu'on voit partout ?

Oh non, ça va pas recommencer ! Je maudis mon prénom. Je maudis ce « prénom du monde » ! Je le maudis !

– Eh, moi, je suis Hana, H.A.N.A, avec un *H* ! Et, franchement, on peut pas parler d'autre chose ? T'as revu Mehdi ?

– Chuuut ! Non… mais viens ! Je vais te montrer quelque chose, me dit-elle tout doucement en me tirant par le bras.

Je savais qu'en parlant de Mehdi, je réussirais à changer le cap de la conversation.

Ibtissam me conduit dans ma chambre. Soukaina reste avec les adultes ; elle n'a que deux ans de plus que nous, mais ça suffit pour qu'elle ne fasse plus partie du même monde.

Je vois mon lit, resté défait depuis ce matin, et je n'ai qu'une envie : me mettre sous ma couette bien chaude et rester OKLM... Ibti s'assoit dessus et sort de sa poche une feuille pliée en quatre qu'elle me tend en prenant un air mystérieux :

– Tu peux lire. Personne l'a vue, sauf toi, ma cousine adorée ! Ou, si tu préfères, je te la lis ? Mais promets-moi de pas rigoler et de le dire à personne !

– Euh... c'est un secret ?

– Grave que c'est un secret ! Le plus gros des secrets ! Le genre que je peux partager qu'avec toi !

– Tu m'intrigues... OK, je lis. À voix haute, si tu veux ?

– Vas-y. Tu verras. Je suis trop en stress, là.

Mehdi, mon cher Mehdi,

Depuis le premier jour où je t'ai vu, j'ai su que tu étais l'homme de ma vie. Tout me plaît chez toi. Je te trouve beau, intelligent, et drôle en plus. Aujourd'hui, je prends mon courage à deux mains pour t'avouer mes sentiments. Je pense à toi tout le temps. Et quand je pense à toi, j'imagine que tu es là, à mes côtés, et que tu seras le père de mes enfants. Mais je ne veux plus vivre dans le doute.

Yanis arrive dans la chambre sans crier gare. Je m'interromps en ayant le réflexe de cacher la lettre — un secret, c'est un secret !

– Hé, dégage, toi !

– Oh, ça va ! Vous faites quoi ? Je venais juste pour vous dire une petite devinette ! Et puis, y a maman qui t'appelle, Hana.

– Non, va-t'en, c'est pas le moment.

– Vous faites quoi ?

– Rien !

Il prend sa petite mine triste qui me fait aussitôt regretter de lui avoir mal parlé.

– Allez, Yanis, descends avec les grands, on arrive ! Dis à maman qu'on sera là dans deux minutes !

Je me lève pour le pousser vers la sortie et je lui montre l'affiche que j'ai collée sur ma porte :

Ici C'EST MA CHAMBRE !

Il est INTERDIT de ranger mes affaires, de me piquer mes livres, de fouiller dans mes tiroirs !

MERCI de frapper avant d'entrer, de me laisser rêvasser, jouer, chanter, sauter, tout retourner, traîner, dormir…

(Mais maman ou papa, vous pouvez quand même faire mon lit ?)

Yanis repart en bougonnant et je reprends ma lecture :

Mais je ne veux plus vivre dans le doute. Si je t'écris cette lettre, c'est parce que je ne peux pas attendre d'être adulte pour être sûre. Tu comprends ? J'ai besoin de savoir si mes sentiments sont réciproques. De temps en temps, j'ai l'impression que tu ne me regardes pas comme les autres filles et que toi aussi, tu m'aimes bien. Je sais que tu traverses une période difficile avec la mort de ton père. Je suis de tout cœur avec toi, tu sais à quel point je l'aimais, moi aussi. Je sais que nous avons quatre années d'écart, mais je vais grandir. Et je suis prête à t'attendre. Si tu me dis que tu m'aimes, bien sûr. Voilà, je t'ai tout dit. Maintenant, la balle est dans ton camp.

Ta bien-aimée,

Ibtissam

P.-S. : Tu es vraiment l'homme de ma vie.

– Wouah ! je m'exclame en repliant la lettre.

– Alors ?

– Ibti, t'es hyper courageuse ! Écrire une lettre, c'est un truc de ouf !

– Ça fait pas vieux français, trop ringard, et tout ?

Pour tout dire, je suis quand même vachement surprise par la qualité de sa lettre. Les mots qui ont marqué ma journée me reviennent en mémoire : « pute, moche, débile, bouche qui pue... ». Ils sont tellement loin du romantisme de ma cousine !

– Non, ça fait pas vieux français. C'est super bien écrit !

– Vrai ?

– Vrai, archi vrai ! Faut le faire, ce que t'as fait !

C'est sincère, même si au fond de moi, j'ai super peur qu'elle se prenne un vent. Un gros vent, même ! Un râteau de la mort. Et que ça gâche à tout jamais sa relation avec Mehdi.

– Oh, je suis trop contente ! dit-elle en se jetant sur moi pour me prendre dans ses bras. J'ai mis des heures à l'écrire ! Je suis même allée voir des modèles de lettres d'amour sur Internet ! Je voulais pas faire un texto, tu vois ?

– C'est très beau, franchement. J'enlèverais peut-être juste « ta bien-aimée »… ça fait pas trop de notre époque. Un peu too much…

– OK, t'as raison. Je vais changer ça et vite l'envoyer, parce que si ma mère tombe dessus, ça sera l'horreur. Je pourrai plus la regarder en face ! T'es sûre que je peux l'envoyer ? Je risque pas de me taper la honte ?

J'ai envie de lui dire que non, elle ne se tapera pas la honte, mais que, quand même, c'est pas gagné. À ce moment-là, par la fenêtre, j'aperçois un héron cendré. Mon oiseau préféré. Mon bel oiseau, élancé et farouche.

C'est à lui que je ressemble, avec ses sourcils noirs et son long cou. C'est à lui que je veux ressembler. Me faire dorer au soleil, des heures si ça me plaît. Manger du poisson cru parce que j'adore les sushis ! Avoir un long bec pointu pour piquer quand il le faut. M'envoler avec grâce, être libre. C'est ça que j'aurais dû répondre à Zinedine tout à l'heure.

– Envoie-la, cette lettre, Ibti. Tu verras bien.

Oui, c'est ça que j'aurais dû répondre. Je suis Hana Thierry. Je ne suis pas une hirondelle. Je ne suis pas une mouette-mouette. Je suis inclassable, ou alors je suis un héron cendré. Et aujourd'hui, j'ai commencé à déployer mes ailes.

Remerciements

Je remercie…

Mon mari, Guillaume, qui m'a toujours soutenue dans mes projets d'écriture. Merci d'avoir supporté mes doutes et de m'aider à défaire les nœuds dans lesquels je m'emmêle facilement.

Mes enfants, Gabriel et Siham, dont la fraîcheur, la spontanéité, l'humour nourrissent bon nombre de mes dialogues. Merci à vous deux d'avoir accepté le temps que j'ai consacré à *Hana Thierry*, vous êtes mon premier public, à la fois exigeant et inspirant.

Évidemment… mes parents. Je n'ai pas assez de place pour expliquer pourquoi. Mais j'aurais tellement aimé vous accompagner dans le rayon jeunesse d'une librairie pour vous montrer notre nom de famille inscrit en toutes lettres sur la couverture de mon premier livre. Pour l'occasion, vous auriez revêtu votre plus belle djellaba et un magnifique burnous, et j'aurais été si fière de vous.

Mes éditrices. Infiniment… merci.

Hélène Bihéry-Dupuy, mon trait d'union avec la maison d'édition, qui a cru en moi et m'a embarquée dans cette aventure « milanaise ».

Charlotte Mériaux, pour son enthousiasme débordant dès la lecture du synopsis, ses conseils avisés, la manière dont elle a suivi l'évolution du roman.

Et Sabine Rousselet, qui a veillé de manière attentive aux derniers arrangements du roman.

J'ai eu une chance inouïe de travailler avec vous trois.

Tous les enfants qui ont accepté de s'entretenir régulièrement avec moi : Anouk et Zoé, Esteban, Zoé, et bien sûr Romane, qui, au-delà de nos échanges, a donné vie à Hana en lui prêtant sa voix dans un enregistrement qui m'a souvent accompagnée. Merci à chacun de vous de m'avoir confié votre quotidien, vos joies et vos doutes, avec autant de simplicité et de confiance.

Le collège Jean-Vilar du quartier de la Roseraie à Angers, dont j'ai été l'élève. Un merci tout particulier à Sylvie Juhel, enseignante de français.

Malika Boufrah, mon amie de la Roseraie ; c'est avec elle que tout a commencé et c'est elle qui m'a inspiré la sortie scolaire autour du brame du cerf. Je n'oublierai jamais notre fou rire. Merci, Malika, tu vois : j'y ai finalement emmené des élèves dans un roman !

Merci à Florence de Barmon, mon amie de Sainte-Gemmes-sur-Loire, pour ses connaissances infinies sur la forêt. Merci également à Marie-France, Augustin, Loïc, Foulques et Sylvie qui m'ont offert un moment magique : aller écouter le cerf bramer dans la forêt de Tronçais.

Mes ami·e·s, ils-elles sauront se reconnaître, pour leur écoute attentive et énorme soutien autour de ce projet. Merci pour tous vos petits et longs messages.

Merci à Armonie Laubert, guide nature au domaine de Chambord, qui a eu la gentillesse de nous accompagner dans la salle des trophées et dans un des observatoires du parc, au grand bonheur de mes enfants qui se sont sentis comme des VIP dans le 4×4 ! Merci pour toutes les explications passionnantes sur l'histoire de Chambord et le brame du cerf. Merci également à Geoffrey Morand, guide nature, et à Virginie Berdal, chargée de recherche, qui m'ont offert leur regard d'experts sur la nature et sur l'histoire du domaine.

Merci à Silas et Lemilo, du collectif La Douceur, pour cette magnifique fresque à la Roseraie dont je ne me lasse pas d'admirer la beauté. Je suis heureuse de la voir figurer sur la quatrième de couverture de mon roman !

La famille Leblondel, Gérard et Marie-Claude, Corinne, Anne-Charlotte, Rudy et Rosemary. Merci pour les enfants et d'y croire toujours à fond !

Mes neveux et nièces Taha, Sabra, Hamza, Oumayma, Malik, Rita, Yassine, Aksel, Selma, Amine, Naïm, Zaïnn, Ismaël, grâce à vous et à votre énergie, la jeunesse ne me quitte pas.

Et enfin, mes frères, Mohamed, Mustapha, Rani, et ma sœur Chadia, ma presque jumelle… Merci à vous quatre, la familia, d'être là à mes côtés, de manière si constante et affectueuse, et de m'avoir encouragée depuis toute petite à croire en mes rêves. Un lien indéfectible nous unit.

Biographie de l'autrice

Touria Arab-Leblondel vit près d'Angers et a grandi dans le quartier de la Roseraie, au sein d'une famille de cinq enfants. Française d'origine marocaine, elle vit cette double appartenance comme une véritable richesse. Responsable de formation pour les collectivités territoriales, elle est en charge de la lutte contre toutes les formes d'exclusion. Passionnée de lecture depuis toujours, elle a développé très tôt un goût pour l'écriture du réel. La découverte de l'Autre, la mixité sociale et la transmission sont la source de son inspiration. Elle porte sur la jeunesse un regard plein d'énergie, d'humour et de tendresse et écrit, « caméra sur l'épaule », le monde qui l'entoure, avec une prédilection pour les sujets qui bouleversent la société.